人生游戏元年

〔日〕麻布竞马场_著

徐徐_译

南海出版公司

新经典文化股份有限公司
www.readinglife.com
出　品

令和元年の人生ゲーム

目录

Contents

第一话

二〇一六年

二〇一六年春天。我从德岛的公立高中毕业，来到东京进入庆应义塾大学商学部学习，在这里加入了商赛组织社团“点燃”。商赛，全称商业模拟挑战赛，是一项由企业提供赞助、大学生带着各自的商业计划进行比拼的赛事。负责组织商赛的这个社团打出“锻炼商业思维，建立社会联系”“手握百万预算，积累大团队经验”的宣传口号，瞬间吸引了一批渴望成为精英的新生。

“为你的心，点一把火。”从入学典礼开始持续数日的新生教育来到最后一天。下午三点，点燃社的社团宣讲会在大教室举行。当这几个大字清晰地投影在屏幕上，教室各个角落顿时传出阵阵热烈的响应。点燃社每年九月举办的“IGNITE YOU”在为数众多的商赛中尤其具有含金量，东大、早大、庆应[1]等顶尖高校会派出超过一百支队伍参赛。而在负责组织这项金牌商赛的社团里，也汇聚了一群不逊色于参赛者的优秀人才。宣讲会上，社团前辈们的毕业去向同样彰显着社团的荣光，一众日本大企业的名字赫然在目。社团的核心活动主要由生活在日吉校区[2]的大一、大二学生参加，社员数在七十人左右。

“点燃社是一个自由的社团。要兼顾其他社团、运动队的人也欢迎加入。不过，有一点请你们记好了：我们是认真的！我们发自内心地想要靠大学生的力量，去改变日本的商业现状。所以，这里可能不太适合吊儿郎当的人。如果你是真心想要加入，就请来和我们一起挑战吧！我的话说完了。”

点燃社社长、法学部政治学科二年级的吉原身着西装，结束了他的宣讲。“吉原好强！”“说得太在理了！”围在讲台两侧的男社员们随即叫嚷起来。

就在这群人哄闹的时候，不远处有一个男生双手抱胸，面带冷笑看着这一切。即便是坐在教室后头的我也

① 即东京大学、早稻田大学、庆应义塾大学三所高校。——本文注释如无特别说明，皆为译者注

② 位于与东京接壤的神奈川县横滨市，经济学部、法学部、商学部等七个学部的大一、大二学生在此学习。

能清楚地看到，在他的无框眼镜后面，那双似在嘲弄、带着蔑视的眼睛。几秒钟后他好像看够了，又把目光转向讲台上的吉原。然后，他用一种与刚刚略有不同的表情，直直地盯住了吉原。

当天晚上，点燃社包下位于涩谷宇田川町的大型意式餐厅，举行迎新聚会。聚会行将结束，我加入了等待如厕的队伍。店里只有一间厕所，前一个人已经进去了足足五分钟，敲门也没有回响。我的尿意尚远，还不着急，脑袋因为没喝惯的啤酒晕乎乎的，就在这样蒙眬的惬意中，迷迷糊糊地听着那头廉价自助餐会上的喧闹声。

“你要上吗？”

身后突然有人搭话，我吓了一跳，回过头去。是那个抱胸冷笑的男生。他的左胸前粘着纸胶带，上面用歪歪扭扭的字写着“沼田 经济学部二年级”，稀疏的眉毛底下，无框眼镜厚厚的镜片上蒙着一层白色的混浊皮脂，显出怪异的光泽。我的直觉告诉我，最好别跟这个人扯上什么关系。

“没错。”

“你该不会被吉原那场伟大的演讲打动了吧？”

当他从歪斜的嘴唇间吐出“吉原”这个名字时，宣讲会上那戏谑的表情再一次浮现在了他的脸上。我感到一丝困惑，但努力不动声色地回答道：

“……被打动了。我喜欢认真又热情的人。”

说实话，吉原的演讲着实让人尴尬。但是，我更厌恶这种对于别人有些过分的热情，说着“好卷啊”，在背后指指点点、嘲笑旁观的做法。我虽然还不了解沼田的为人，但他此举无疑彰显出了某种恶。我不想变成那样，人也不该是那样的——就在这一刻，我确信了：加入点燃社，成为这个人的对立面就是属于我的正确道路。

“认真吗？”

沼田拾起我的话又扔了回来。

“我倒觉得，再没有他那样不认真的人了。”

沼田的话让我不禁怀疑起自己的耳朵。就在这时，恰好前一个进厕所的人像僵尸一样爬了出来，我也不想再跟沼田交流下去，于是轻轻点头示意，进了厕所。

*

聚会过后的第二周，我开始参加每周四傍晚在日吉校区举行的例会。会场是同社团宣讲会时一样的大阶梯教室，那天来了约四十名大一、大二的学生。

负责主持长达两小时的例会的，依旧是社长吉原。他上一次穿了西装，今天则是黑色连帽衫加黑色 Air Max 球鞋的打扮，看到他穿着这般休闲时尚的便装，我有些意外。他手腕上戴着银饰，看着很贵。我在底下用手机一查，是爱马仕的，价值十五万日元。吉原在迎新聚会上说自己“想尽量把时间都花在点燃社上，所以没有打工”，还有传闻说他住在父母为他租的武藏小杉高层公寓里，想来是哪个大户人家的少爷吧。

吉原用镇静而低沉的声音推进会议流程。与人交谈时自不必说，即使是自己做汇报的时候，他也绝不会盯着电脑屏幕，而是用那双有着漂亮双眼皮的大眼睛注视每一名参会者，这给我留下了很深的印象。“吉原学长好帅！”他很快在新入会的女生间获得人气。瘦高的个子，大学生中少有的梳起刘海、露出额头的清爽发型，细长的脖颈与形状分明的喉结，还有那不会区别对待任何人的坦诚温柔的性格。吉原是我迄今为止见过的最接近“完美”的人类。

外联等工作的进度都汇报过一遍后，最后的三十分钟就用来举行商业知识学习会。主讲人采用轮流制，当天是文学部二年级的平井。

“大家好，我今天分享的内容是社会友好型初创企业。”

平井将自己的MacBook连上投影仪开始了汇报，笔记本上贴满了初创企业的标志，把那颗苹果遮得严严实实。平井在之前的迎新聚会上喝得烂醉，赤裸着上身一口气喝光了一整瓶发泡酒，今天却在台上沉稳地做着信息量满满的汇报，在之后的自由讨论环节也认真听取大家的意见并做了记录。

我果然喜欢这个社团的氛围和这里的人们。大家对自己的人生都认真负责，同时还留存了自嘲这份认真的余力，互相打趣“别人都说我们是宗教社团”云云。在这里，我感到所有人都能找到自己的居身之所，对彼此也抱着一份敬意。更重要的是，这里充满了一种纯粹的热情，渴望通过学习和实践获得飞跃式成长，哪怕被周围人嘲讽“真卷啊”也毫不在意。

当我决定要去东京上大学，父亲在晚上喝酒时对我说："大学就是人生的暑假。"我的父亲从老家的德岛大学毕业后，直接进入了当地的地方银行。在他看来，反正进入社会之后还得工作四十年，不如把大学时光当作人生最后的暑假，课想上就上想翘就翘，通宵打麻将来得更值当。听说他自己上大学时就是这般懒惰散漫。

但是，我可不这么想。大学时代，必须要做对未来有意义、有价值的事情。毕竟，我是因为在迄今为止的人生中足够努力，才好不容易应届考上了这所名牌大学。要是大学四年游手好闲，找不到好工作，最后只拿到一个不太靠谱的公司的录用函，那么这十八年来苦心积累的一切都将化为泡影。再说了，"暑假就是用来玩的"这个前提我本就难以赞同。因为补习班有暑期课程，能够尽情玩耍的暑假，印象中过了小学低年级就画上句号了。

因此我毫不犹豫地选择了点燃社。我的人生，一定有无限的可能。我也许会成为"优秀前辈"，被登在大企业的校招网页上，说不定还能当上董事或者社长。为了拥抱这样的未来，我不能像父亲一样通宵打麻将，而是选择了加入商赛组织社团，开启收获飞跃式成长的大学生涯。

“我一直没戳破，是以为大家早就心知肚明了啊——社会友好型，说的不就是伪善吗？”

所以，像沼田那样两手抱胸、一脸讥笑、一味贬低他人努力的人，我无论如何也喜欢不起来。今天的沼田穿着绿得逼人眼球的紧身T恤，上面印着“Chill Out…”的白色字样。

“完蛋，沼田剧场开演咯。”平井一脸无奈地将双手抱在脑后说道。

大家都笑了。虽然是第一次听到“沼田剧场”这个词，但我很快就明白了里边上演的是什么戏。

“漂亮话说了一堆又一堆，到头来资本主义社会最注重的不还是追求利益吗？”

也就是说，沼田指出所谓的社会友好型初创企业不过是罪孽深重的伪善，把有困难的人当作棋子以饱私囊，只是将品牌形象做得漂亮了点而已。他的主张思路清晰，找不到半点反驳的余地。为了补充说明自己的主张，他又举出了一个又一个例子，知识量大得叫人折服。但是，我总有种生理上的抗拒，不愿意顺从地接受这个男人的言论。

“那么请问沼田老师，面对堆积如山的社会问题，企业应该采取怎样的立场呢？”

面对平井的回击，沼田没有丝毫怯意，反而笑得愈加放肆，把两手举到脸边。

“这种事情别来问我呀！这里是商赛组织社团，可不是什么创业研究社团。我看今天第一次参加例会的新生也挺多，所以就旧事重提一下：我们这商赛组织社团，有必要搞这种学习会吗？与其把时间耗在这种无聊的商业过家家上，不如做点有意义的事，学学吉原大师自己创业吧。”

沼田说完便看向了面朝大家坐在教室最前面的吉原，仿佛在说“接下来轮到你来反驳我了”。

“是啊。我的确想要自己创业，做出一番成就，为此我不断试错，也学到了很多。不过，我现在在想，即使要创业，如果在最初多开拓一下视野，多学习一点儿知识，在选择市场的阶段就考虑得更周全一些，也许最后又会是另一种结果。所以从这个角度来说，我认为这个学习会是有意义的。如果学习会流于形式了，我就努力把它打造成有意义的……不对，不能这么说，不然听上去好像在说平井的分享没有意义一样。”

一阵哄堂大笑。平井一脸不服气，像为了拖延时间的足球队员一样把两手大大一摊以示抗议，又把大家逗乐了。

“不过，沼田说的也有道理。点燃社的活动基本都是自由参加的。刚开始的阶段大家当然可以每种都尝试一下，等到了解社团整体情况了，你们也可以把精力集中在自己认为有必要的活动上。点燃社是一种手段。大家如果能通过点燃社这个平台，成为理想中的自己，那么我作为社长也会非常开心的。”

“哇哦——”教室里沸腾了。一场完胜——完全正确、无懈可击的发言。吉原像是害羞了一般，腼腆一笑，举了举右手表示回应。我沉浸于这个美妙的落幕，甚至没有回过头看沼田一眼。

*

学习会结束后，没有其他事的社员照例会出去喝酒，美其名曰“团建”。日吉站附近遍布着无数个能够轻松容纳三十人的小酒馆，这天大家也来到了点燃社常去的一家烧鸟店。我四处张望，鱼贯而入的人群中没见到沼田的身影。

“沼田平时都不参加聚会吗？”

我向同桌的平井询问道。聚会才开始不到半小时，平井就在周围的起哄下吹了一瓶又一瓶，他的脸早已通红，说话时舌头也有点盘不过来了。

“沼田？不不不，他平常都是全勤的。今天好像是去打工了吧？就是那个在中目黑的夏威夷咖啡厅，提供无麸质饮食的，叫什么来着？”

问我也没用啊。但是，比起这个古怪的打工场所，更让我惊讶的是沼田居然经常来参加聚会。平井似乎察觉到了这一点，喝了口啤酒润润嗓子，就带着扑面而来的酒气开始了讲述。

“你可别误会了，沼田那家伙只是傲娇罢了。包括今天的所作所为，那都是源自于爱。爱！你懂吗？毕竟最开始要当上点燃社社长的人可是他呀！”

平井道出了事情的原委。

据说沼田刚加入点燃社时，尽管说话有些刻薄，但无疑是一个坦诚、怀有热情的人。他会事先确认学习会的主题并查阅相关文献，还相继接手了大家都嫌弃的会计和社团网站运营等工作。在同一级的十五名社员中，沼田的能力也是最突出的，当时所有人都认为第二年他会成为点燃社的社长。

直到那年九月的“IGNITE YOU 2015”落下帷幕，吉原加入了点燃社，局面完全改变了。

“你没听说过吗？吉原就是那个‘现役’高中生创业家。在圈子里很有名的。”

正如我预想的那样，吉原果真出身名门。他的爷爷在二战后迅速创办了肥料公司并大获成功，父亲在通商产业省①历练后继承了公司，而被视作公司第三代掌门人的吉原，在家人的支持下，早在高一时就开始创业。他从小学开始就读于立教大学附属学校，上了中学便一身高端时尚品牌，于是利用自己的审美眼光，将日本国内采购的二手服饰销售到其他东亚国家，开展所谓的跨境电商业务。

“家境好、颜值高的时尚阔少登上商业杂志，双手抱胸，满面春风地说着‘工薪族已经过时了’之类的话。你猜会有什么后果？”

据说他在网上遭到猛烈抨击。匿名论坛上每天充斥着负面评论，有个自称同学的人在上面爆料了一连串真

① 日本中央省厅，主要负责保障经济产业发展，确保矿产资源及能源供应稳定。2001 年改组并更名为经济产业省。

假难辨的消息。不知是因为网暴的影响，还是业务市场本就不佳，吉原的创业仅过了一年半就迎来了大结局，现役高中生创业家的挑战就在他尚未“退役”之际画上了句点。

或许是为了逃离那个令他痛苦的环境，备受打击的吉原居然放弃了直升进入立教大学，而是通过 AO 入学考试[①]上了庆应。

然而，中途折戟的前高中生创业家仍旧没有放弃自己的创业之路，听说他去了好几家初创企业实习，而参加“IGNITE YOU”，也是他为了有朝一日东山再起而做的无数努力之一。这个赛事一般由三至四人组队参加，吉原则单枪匹马地报了名。

“比赛上，一个被誉为传奇创业家的大叔担任嘉宾评委，他将吉原的计划痛批了一顿，那叫一个酣畅淋漓啊。”

> 我听说过你之前创业的事迹。这次的商业计划书我也看了。很遗憾，从目前的情况来看，你的业务没有成功的可能。既然你敢一个人来参赛，说明

① 由庆应义塾大学首创的考试形式，通过笔面试多方面、综合性地评价考生，2021 年更名为综合型选拔。

你自负能一个人完成这项业务。要是你真想成功，就要找到好的伙伴。你首先要学习的，就是怎样在一个团队中做事。比方说加入组织这场商赛的社团，怎么样都行。

吉原非常耿直地听从了这位传奇创业家打的“比方”，第二天就提交了加入点燃社的申请。这个时期通常不会招新，但吉原看上去相当认真，还说自己会辞了所有实习，把全部时间和精力投入到点燃社。就这样，吉原作为“迟到的超级新人”成了点燃社的一员。

“直到那时，沼田平时工作都还是尽心尽责，大家也觉得新社长非沼田莫属。我想沼田自己也是那么想的吧。”

可沼田没能得到这顶名为“庆应精英社团社长”的桂冠。想来也是，有了吉原这样行走的“完美人类模板”，结局只有一个，就是被他拿走一切。

然而事实上，即使是说恭维话，吉原也算不上头脑敏锐的那类人。白天的自由讨论中，吉原虽然一本正经地参与了讨论，但他的发言里有大量一听就是门外汉的内容。有好几次，平井都要向他反复确认和修正发言的主旨，周围的人则略显尴尬地注视着这一幕。不过，吉原十分认真。他对所有事物都抱有热情，从前由沼田包揽的一切杂活他都一件件帮忙，在学习会上也谦虚地吸收各种商业知识。从各种意义上说，他都非常认真。看着这样的吉原，社员们都彻底成了他的粉丝。

次年三月的社长选举，参加竞选的除了大家预想的沼田，还有吉原。大家本以为“虽然吉原稍稍占优，但两人应该势均力敌吧”，但当两名候选人站上大教室的讲台，开箱点票，结果竟是吉原以不忍直视的巨大票数差获得了压倒性胜利。沼田只获得了三票。尴尬的气氛充满了整个教室，沼田站在台上，只是默默注视着台下没有把票投给他的社员们。

“打那时起，沼田就变成了那副样子。之前一直负责的杂活通通甩给了别人，还坚决拒绝在轮流制的学习会上做汇报，如今已然成了对社团毫无贡献的闲杂人等。即便如此，他还是没有退出点燃社，或许这就是那家伙对点燃社的爱吧。”

平井害羞一笑，仿佛坦白了什么难为情的事情，本就细小的眼睛眯成了两条线，然后一口饮尽了剩下的半杯发泡酒。

“去唱卡拉OK！”我被前辈嚷嚷着强行带去续摊，在那里又被灌了好几瓶镜月烧酒。其他人大有不到天亮不罢休的劲头，我则决定搭乘十二点半的末班车回去，偷偷溜出了满是烟味的包间。我乘上目黑线停靠各站的慢速电车，在三站后的新丸子站下了车。出了孤零零的闸机，往前走几分钟再转一个弯，就到了我居住的老旧公寓。我的房间在四楼，是一间只配备了厨卫的狭小单间。从朝南的窗户望出去，越过一片低矮的商住楼，能够看到武藏小杉近年拔地而起的几栋高层公寓。吉原是不是就住在其中的某一栋呢？

不知不觉间，我没有开灯走到了阳台。四月的夜晚仍有些许微寒，但晚风十分怡人。

“大家如果能通过点燃社这个平台，成为理想中的自己……”

吉原俊朗的脸庞浮现在我眼前。这个前高中生创业家，究竟想在点燃社成为一个怎样的自己呢？是不是想要通过组织商赛，寻找志同道合的伙伴，有朝一日向那位传奇创业家上演一出复仇戏码？

“大家如果能通过点燃社这个平台，成为理想中的自己……”

沼田的脸庞也浮现了出来。社长选举开票的那天，他究竟怀着怎样的心情注视着社员们？说到底，他为什么还留在点燃社呢？他又想在点燃社成为一个怎样的人呢？即便发生了那样的事，时至今日他也依然爱着吉原和其他社员吗？可如果是这样，他又怎么会像之前那般轻蔑地对待吉原呢——

“大家如果能通过点燃社这个平台，成为理想中的自己……”

那我呢？我想成为怎样的人呢？对父母言听计从的我，从小学四年级开始上补习班，初中鬼使神差地进了软式网球部又立马退部，因为每天很闲就只好学习，考上了当地最好的县立高中，高中也是回家部[①]的一员，没事干只能学习……这一切中存在我自己的意志吗？

“大家如果能通过点燃社这个平台，成为理想中的自己……”

取得飞跃式成长，有朝一日成立自己的公司，收获成功与金钱，然后住进那样的高层公寓——这是我想要的吗？我真的有信心实现这一切吗？就连吉原那样的

① 日本对于初高中没有参加社团活动、放学后直接回家的学生的戏称。

人都四处碰壁啊！还是说，我想像大多数前辈一样，进入知名企业成为精英白领？像电视剧里演的那样，从惨烈的部门竞争中脱颖而出，是不是就能住进那样的高层公寓了？我真的有信心成为那样的人吗？我的高中同学里，还有把我的学校当作保底，最后考进东大的呢！

还是睡觉吧。我回到漆黑的房间，躺倒在床上，意识一下子就溶解不见了。

*

到了五月，点燃社的活动进入了正轨，我得以从抽象的自问中解脱出来。似乎只要手头工作不停，大脑就可以被允许停转。

“抱歉，久等了。”

午休的食堂人头攒动。我占了一张四人桌无所事事地刷着手机，这时村松走了过来。他是与我同级的点燃社社员，还是同一学部的，所以经常像这样在一起吃午饭。我点的是当日限定的龙田扬炸鸡块[①]套餐，村松点

① 龙田扬是一种烹调方式，将食材用酱汁腌渍后，裹马铃薯淀粉油炸。

了塔可饭[1]。

“候选人列表做完了吗？”

“姑且算做完了。根本找不出十个人，我就把孙先生和三木谷先生[2]填上凑数了。堀江卫门已经出狱了吧？[3]”

村松说着掏出手机，开始搜索堀江卫门的近况。九月末的比赛要确定嘉宾评委人选，需要社员考虑话题度和可行性，整理出一张候选人名单，逐一去联络。我们大一新生也要每人想十位候选人，明天之前报给吉原。

村松十分崇拜吉原，平日的口头禅就是“有朝一日我也要创业”“如果条件允许，上学期间就创业”。可是，既不见他为创业做准备，也不见他去哪家初创企业实习。今天村松也老老实实地上完课，和点燃社的社员一起吃午饭，完成社团的任务，参加例会，然后被平井等人拽去酒馆喝到末班车的点，再闯到某个住在日吉或者元住吉的人家里继续喝到早上……虽然加入了一个很

---

① 冲绳料理，做法是将肉类、生菜、西红柿等墨西哥塔可的馅料盖在米饭上。

② 指的应该是两位日本著名企业家，软件银行集团创始人孙正义和乐天集团创始人三木谷浩史。

③ “堀江卫门”是日本人对活力门公司创始人堀江贵文的爱称。他 2011 年因违反《证券交易法》入狱，2013 年被假释。

卷的社团，但他事实上过着和其他躺平的大学生并无二致的生活。

我进入社团这一个月也看明白了，点燃社里像村松一样的大有人在。他们嚷嚷着“有朝一日”“有条件的话”，畅谈着与志存高远的学生们一样宏伟但毫无新意的梦想，却从不为那“一日”迈开步子，为梦想多创造一些“条件”。而且，他们貌似对此没有任何的罪恶感。

“不过真期待啊——虽然二审和终审是嘉宾干的，但初审是由我们点燃社的社员来做呢！会交给我们大一的吗？”

村松用勺子戳着塔可饭，期盼之情溢于言表。那种兴奋感，可能来源于商赛组织者掌握的“审查权力”。明明自己什么努力都没做，却有权力评判他人努力的成果，这种愉悦和优越感或许具有毒品般令人上瘾的力量。

说不定就连吉原都沉溺其中呢？我看着可能成为“小吉原”的村松，不禁产生了这样罪恶的联想。那沼田呢？他看向吉原时那嘲弄的笑容，是不是说明唯独他看穿了这一切？

“差不多了，那就开始本周的例会。”

这天的例会一如既往在大教室举行，主持人一如既往是吉原。

“关于嘉宾评委的候选名单，我在综合大家意见的基础上，做了这样一个排序。”

吉原将列满了候选人名字的Excel表格投在大屏幕上。每个人名旁边都标着得票数，看得出吉原非常重视公平与透明。排序基本与得票数一致，但也做了一些调整，像孙先生、三木谷先生这种大家为凑数写上的商界巨鳄都被排除在外。

大家从上到下浏览了一遍名单，一脸认同地点头，随后陷入了将近一分钟的沉默。没有人提出不同的意见。细枝末节的东西怎么都行啦，快点收工了去喝酒吧——社员们好像在秘密交换着彼此的心声。

“我能说句话吗？”

所有人都忘了那位剧场主人。沼田一如既往地双手抱胸，坐在教室后排的“专座”上，突然用仿佛能撕碎既有和谐的极度潮湿而黏稠的声音开口了。

“虽然我一个没有提交候选人名单的人这样指手画脚有点不太好……不过，宇治田先生，今年不请他当评委吗？”

我和村松一起坐在最前排，当听到这个名字，我清楚地看到吉原的脸有点，仅仅是有一点儿僵住了。

“……宇治田先生去年请过了，听说他刚成立了新的个人基金，这段时间应该挺忙的。”

说完吉原和沼田都沉默了，教室里涌动着一股躁动的气息。这个宇治田先生是何方神圣，身在教室的所有人都心知肚明。他就是那个“被誉为传奇创业家的大叔”，那个去年让吉原痛下决心加入点燃社的评委。

“哎呀，我就是有点好奇，想看看您什么时候会向宇治田先生展现自己的成长。不好意思，仅此而已，没别的意思啊。”

点燃社的其他社员平常对于沼田只是任他发挥，带着理解的心情看着笑笑就过去了，唯独这次却显得局促不安，不知如何是好。至少大家都明白这绝不是个该笑的场合，于是纷纷摆出一副窘态。

我也姑且学着周围做出了同样的表情，可内心却兴致盎然，甚至暗暗为沼田竖起了大拇指。从结果来看，吉原在这儿待了大半年，甚至还当上了社长……有没有一种可能，他其实已经放弃自己的创业梦了呢？

“……你的意思，我非常能理解。我加入点燃社的前因后果大家都是知道的，你们如果怀疑我‘当初满嘴大话地进来，现在不会早就放弃创业，只能装模作样地把精力都放在社团上了吧’，那我也无话可说。”

吉原面朝大家做出回应，缓慢却充满力量的字句仿佛包含着某种决心。大家都屏息等待着他接下来的话。

“跟大家实话实说，我终究是无法放弃自己的创业梦。但是，这绝不意味着点燃社的活动我会随随便便地做。说来惭愧，我曾以为自己是天才，只靠自己一个人就能轻松获得成功。加入这个社团，是我这辈子第一次和其他人一起，朝着一个目标拼搏。我是真心想要通过这项活动，取得飞跃式成长。我想让宇治田先生刮目相看。话都到这个份上了，大家就当做个见证，等今年的活动结束，我一定会开启第二次创业。”

“哇哦。”一阵克制的欢呼声响起，大家不想打断吉原似乎还未完结的演讲。

“在那之前我想把一切都献给点燃社。所以，请大家都放心跟我来吧。虽然我只能做这种口头承诺，但请你们相信我。拜托了！”

说到最后，吉原站起身来微微颔首，大家都为他鼓掌。那是一段热烈而持久的掌声。吉原终于说出了埋藏在心里很久的话，得到了大家的认可，这种解脱感和安心感让他的眼睛有些湿润了。

我回过头看向沼田。本以为他铁定是一脸的不服气，结果却出乎我的意料。他紧紧咬着嘴唇，竭尽全力表现得不动声色……沼田就带着这般莫名令人紧张的表情，和其他人一起鼓着掌。

*

到了八月大学开始放暑假，我却没有回老家而是留在了东京。点燃社的社员们要趁着这个夏天展开初审，从一百多支参赛队伍玉石混杂的商业计划中，挑选出真正的“宝玉”交给嘉宾评委定夺。这可不是一份美差。每支队伍有十页 PPT 资料，我们要把所有队伍的都看一遍，打上 ABCD 的等级，最后统计成绩，选出二十支队伍晋级二审。我们这群普通大学生别说创业了，连工作经验都是零，却能煞有介事地给别人打分，想来还真是滑稽。

社团安排了十天左右的集中审查日，在此期间我们全天预约了日吉校区的一间教室来赶审查进度，干到太阳落山了就照常去喝酒。一个人单打独斗很容易累得喘不过气来，所以我也参加了三天的集中审查，以求速战速决。

十一点多，我走进预约的教室，却看到一个意想不到的人成了讨论的中心。

“连这种垃圾服务都能打 A 等的人，我看还是一辈子别碰商业为好。太没眼光了！市场太小众，商业计划书里的数据也都是瞎编的。再说，已经有行业巨头以相似的商业模型开展业务了吧……”

说话的是沼田。他的语调一如既往满是嫌弃，给出的意见却都精准至极，让人不得不叹服。虽然平时一副对创业毫无兴趣的样子，但每当谈起创业，沼田总能像之前学习会上那样，滔滔不绝地讲出吉原远不能及的道理和知识。

“你说会不会沼田其实打算创业，在背地里苦学了很多呢？”

这天，我们几人一起去大户屋吃午饭时，平井这样说道。坐在我边上大口吃着土豆饼的村松立刻反驳道：“可是，我怎么也想象不出那个男人当社长的样子。”

"创业可不只是当 CEO 而已。我倒觉得吉原会邀请沼田成为自己的创业伙伴。不过，这两人关系还是很僵吧。我是真没见过他俩愉快交谈的样子。但是沼田灵活的脑筋和知识储备一定能派上用场。而且，这两人未尝不是一对绝佳的组合，你说呢？热情的吉原和冷静的沼田。"

"你说什么？绝对不可能的吧！"

村松笑着否定了平井过于大胆的猜测。我也这么觉得。

盂兰盆节[①]期间我回了一趟家，舒舒服服地待了一周，然后带着大包小包的土特产返回了东京。初审结束后，剩下的就是会场设计、现场组织等一些细碎的工作，我们这些新人一下子闲了下来。

"吉原会挑战什么样的业务呢？既然他说九月活动结束后就开始创业，现在肯定已经决定进军哪个市场了吧？我们要是能知道，还能趁这段时间调查调查。"

---

① 日本重要的民间节日，每年八月中旬会举行一系列仪式，以祭祀祖先之灵。

家系拉面馆[1]武藏家里，村松嘟囔着，吸溜了一大口拉面。他要的“浓汤、硬面、加量”的拉面，就好像是属于年轻人的特权。八月底暑假还没结束，但那天下午三点有一场点燃社的自主学习会。吉原留言说“能来的就来”，于是我和村松提前集合，一起来吃午饭。在点燃社的社员中，尤其是吉原的信徒们之间，讨论得最热烈的话题无疑就是吉原未来的创业内容。

“我怎么也不觉得吉原会邀请沼田。完全想象不出这两个人一起工作的画面啊！”

村松又一次对平井的猜测提出了反对意见。的确，那两个人完全是水与火的关系。吉原热衷挑战，不惧失败，从哪里跌倒就在哪里爬起；沼田则躲在安全区嘲笑奋斗的吉原，以此凸显自己的高明。

那村松呢？我不禁想。想要成为吉原的话，也是时候开始做准备了吧？

“你之前也说想要创业吧，那什么，准备工作开始了吗？”

“什么，我？哎呀，我现在还是想专注于点燃社，

---

① 起源于横滨的一系列以“家”命名的拉面馆。特点是浓郁的豚骨酱油汤头，客人可以根据喜好指定面的硬度、汤的浓淡与油量。

要创业的话最早也得等秋天办完活动之后吧。我还没有放弃我的创业梦呢。不过你看，初审的时候不就那样吗？大学生能够想到的商业计划，全都是些没有半点成功可能的垃圾货色。为了不变成那样，我还是先搞好这次活动，再给吉原创业打打下手，等到取得飞跃式成长，有足够实力了再说吧。”

村松依旧是一副毫无罪恶感的模样，若无其事地说着借口般的话语。他又是哪一边的呢？是吉原，还是沼田——不仅仅是村松，点燃社里那几十个也想创业的吉原拥趸呢？自己不做出任何行动，却在商赛组织方这个安全区里，恣意评判那些勇于挑战的人，这样自己就能变强吗……他们摆出一副“自己是吉原一派”的样子，打心底里瞧不起沼田，其实他们别说是“沼田一派”，根本就与沼田没有两样吧？

结果，那天的自主学习会，几乎所有的社员都参加了。距离“IGNITE YOU 2016”开幕仅剩一个月，大家七嘴八舌地共享着各项准备工作的进展情况，到了傍晚，就和往常一样涌进了车站后头的廉价烧鸟店。

“我重读了几遍之前平井的汇报资料，还是觉得社会友好型企业很棒。我真的很幸运能出生在一个富裕的家庭，就想着要做点什么回馈社会。选择哪个行业领域我倒是还没决定，不过的确想加入一些回馈社会的内容。比如教育科技就挺好的。打造一套教育类的服务，然后把回馈社会的内容放进去，听上去挺有意思的吧？”

烟雾缭绕的店里，在村松等一桌子信徒的包围下，吉原一脸正经地述说着自己的创业论。开始时我还混在信徒堆里有一句没一句地听，但他讲的尽是些但凡有点想法的大学生都能想到的东西，我很快就听厌了。这时，我忽然瞥见了沼田。他坐在吉原边上一桌，低头嚼着蘸满蛋黄酱的鳐鱼翅干，没有跟任何人说话。大家都说沼田“其实人不坏”，却很少有人和他亲近交谈。即便如此，沼田还是会像今天一样参加聚会。而且注意看的话，他每次都会默默坐在吉原附近的位子，仿佛是紧咬着他不放，不愿听漏任何一个标点一般——

他究竟打着什么算盘呢？不会平时摆出那副难看模样，其实对创业和吉原都兴致勃勃吧？

“我倒觉得吉原会邀请沼田成为自己的创业伙伴。”

我回想起平井的话。沼田不会在心里期待着吉原邀请他加入创业吧?

沼田为这群人真心付出了那么多，他们却在社长选举上如此轻易地背叛自己，投靠了吉原。如果说他的自尊在那一刻被完全击碎了的话，那么能够治愈他的办法，就只有被吉原所需要。他期盼着吉原在众人面前，宛如单膝跪地献上戒指一般，邀请他一起创业——如果这个假说成立，那沼田对于吉原的感情，可真是扭曲到有点恶心了。

再把目光转向吉原一边，他还在谈着那套空洞无物的创业论。在他周围倾听的，还有一群和吉原一样满脸写着认真的人。大家也该觉察到那些内容毫无价值了吧。会不会村松等点燃社的社员如此追捧吉原，也只是在为自己的无所作为寻找借口呢?只要表明自己对吉原这样看似“完美”的存在的崇拜，就可以不费吹灰之力地鄙视沼田这样的人。聪明的他们是不是发现了这个能获得自我认可的神奇公式，然后就依附于此?

话说回来，我自己是否也是同类呢?聪明的我们总是看着社会的脸色行事，说着社会希望听到的话，讨身边大人们的欢心。我们找机会偷偷懒，然后拿出一个大家都还看得过去的成绩，就这样活到了现在。时至今日，仍旧在和一群志向远大、会在求职中受人事部门青睐的伙伴们大谈团队精神，玩着商业过家家——难道不就仅此而已吗……对村松等人的冷眼观察，绕了一圈又回到自己身上，刺痛了我的胸口。

“吉原，等你创业了，能雇用我吗？实习也好。”

随后，在聚餐结束大家返回车站的路上，我横下心向吉原提出了这个请求。这就是我得出的结论：在找到“理想中的自己”之前，哪怕是学学吉原的样子也好。比起当一个只会一味嗤笑批评他人的人，这样做会让我心安得多。

“你很心急嘛！我都还没定什么行业呢。”

吉原虽然一脸苦笑，但答应我到那时候一定会来找我。而我就为了这个不知何时到来的“时候”，开始学习写商业计划书，还有不知是否有用武之地的编程。就像一直以来那样，只要不闲下来，我的大脑就不会胡思乱想了。

这天我也一大早就泡进日吉校区的图书馆。虽然是个空闲的星期六，但我醒得很早，就意气风发地乘电车来了日吉。我没想好今天学什么，漫无目的地向商业类书籍区走去。暑假的图书馆里见不着人，几乎被我包场了。然而就在这时，有个人捧着四五本厚重的书，从我打算去的书架那儿朝我走来。眼熟的绿 T 恤还有无框眼镜——是沼田。我心想要是他拉我说话就麻烦了，而且他似乎也没注意到我的存在，我便躲到书架背后等他走开。擦身而过时，我注意到沼田的脸上不见平时幸灾乐祸的笑容，怀里几本书的书脊上印着“教育科技”“社会问题解决型业务”之类气势十足的文字——就在这一刻，关于那个令人不适的假说，我得到了确凿的证据。

*

暑假过完后，九月最后一周的“IGNITE YOU 2016”正式活动眨眼间开始，眨眼间又结束了。大家在日吉校区的会场里穿着统一的大红工作衫，戴着耳麦东奔西走，回过神来已经是吉原致闭幕词的时候了。

今年的第一名是来自东大的大一学生三人组，他们的提案是一项旨在高效利用地方空置房屋的服务。他们从评委会主席手中接过写着“奖金一百万日元”几个大字的手举牌，有些出格地高高跃起振臂庆祝。甚至还有几名评委提出要以个人名义投资他们的项目，总金额将近五百万。听到这个，村松大吃一惊，感叹道“东大就是厉害啊”。他看着几个同龄大学生把想法变成可行的计划，当场筹集到资金，即将朝着这个目标进发，依旧是一副事不关己的样子。

活动结束后，我们来到常去的平价小酒馆，开了一场热烈的庆功宴。四散飞溅的啤酒打湿了每个人统一的工作衫。吉原平时喝得不多，今天也在“社长干一个”的起哄声中灌下许多酒，再看他时他已在角落里不省人事了。我们在欢乐的喧闹中尽情享受着当下，把那“有朝一日”的誓言又推得远远的。

但是，这一年马上就要过去，吉原也该得到真正的成长了。所有人都在关注着他。吉原接下来会做什么？会邀请谁一起创业？会获得多大的成功，赚多大的钱？每当开会聚餐，大家都窃窃私语，交换彼此的猜测，就好像在说商赛都结束了，接下来该是审查吉原的时候了。

工作告一段落了，但点燃社每周的例会还是要开，无事可干的大学生们聚在日吉校区的大教室里，都是以手托脸、百无聊赖的样子。十一月中旬的这一天，大家又是随随便便做了汇报，随随便便讨论了几嘴，然后开始收拾东西准备出发去喝酒。就在这时，一个声音传来：“能借用大家几分钟吗？”声音的主人是吉原，不知什么原因，他最近几乎没有参加社团活动。吉原径直走到教室前方，将夹在腋下的 MacBook 接上投影仪。

屏幕上投影出一片宇宙般的漆黑。一脸玄妙的吉原啪嗒一声按下回车键，一行白色明朝体[①]的文字缓缓地浮现出来：

吉原，要创业了。(时隔四年的二番战)

“哇——哦——”一阵低声的欢呼震动了教室，仿佛是乖孩子模仿想象中的不良少年发出的声音，令人头皮发麻。

“喀喀——让大家久等了。前天才高中生创业家吉原的第二次创业，行业领域是……面向高中生的线上创业课堂！”

怎么是这个？我难掩心中的失望。虽然也有一批人很兴奋，夸着吉原“点子真刁钻”“上市指日可待”，但大部分在场的社员都是和我一样的神情，只是出于礼貌在鼓掌。

---

① 日文常用的标准字体，近似于中文的宋体。

“我真心希望能借助自己的经验，包括失败的经验，从高中阶段抓起，将日本的创业家精神提升一个层次……”

吉原滔滔不绝的发言听上去很上档次，但说到底，他要做的不过是倚仗着曾经的辉煌和名气，建一个“电视台热议！传说中的前高中生创业家倾囊相授”之类名字的网站，从那些热心教育、望子成龙的妈妈们口袋里掏取会员月费，上传一些由这位除了上过电视外没什么特别成就的前高中生创业家主演的视频，开开学员交流沙龙而已。

吉原骨子里是个善良的人，也可能他的确天真地以为，自己有义务将好的经验传授给年轻人们，如果把它做成付费的线上沙龙，就会是“你好我好大家好”的结局。这一类线上沙龙现在的确很流行，或许也有相当不错的盈利空间。但是，打着“培养创业家精神”的旗号，用高中生们宝贵的青春时光换来每个月的固定进账，这完全就是“社会友好型”的对立面，基本上可以算作诈骗了……讽刺的是，点燃社的社员们通过这半年的学习会和组织商赛的经验，已经成长到能够系统而冷静地分析这种事情了。

与以往明显不同，那天例会后的团建聚餐弥漫着一股莫名的紧张气氛。吉原似乎信心满满地认为，他的信徒们会争先恐后地来申请加入这第二次挑战。只见他挂着比平时更友好的微笑，一边一口口抿着啤酒，一边偷偷打量着社员们的脸。但是，几乎没有人与他搭话。大家像一群弱小的动物那样尽可能挤在最角落的桌子，嘀嘀咕咕地轻声交流着。

“线上创业课堂，搞什么呀！完全被他骗了，这种东西有人帮他才有鬼了！对了，我有个中学同学，现在在国际基督教大学，他打算新成立一个校际联合商赛组织社团，想要招些有经验的人，到时候各个大学的优秀人才都会聚到那里，说不定能有比现在更加飞跃式的成长。我正好下周要和他喝酒，你要不也来听听？”

村松把我拖进这个小动物们的巢穴，格外自豪地说道。他的身边已经坐了四个被视作点燃社精英的优秀新生，正一副明了一切的样子呵呵笑着。看来村松的挖墙脚工作早已进展顺利。要是他们通通溜了，明年的活动会相当难办吧。

我想该去听听沼田的意见。这种事可是头一遭。能阻止吉原这乱七八糟的计划的，很遗憾我只能想到沼田。要么请沼田说服吉原放弃创业课堂，要么由沼田帮他把创业课堂做起来，给大家一个安心，怎样都行，我就是不愿看到社员们一个个从吉原身边离去。

“也无所谓吧？虽然我不清楚具体的业务内容，反正就是一坨垃圾嘛。他本人想干的话，那就随他去咯。”

这天的聚会沼田依旧厚着脸皮参加了，我埋伏在厕所前逮住他，他便这般格外开心地说道。

“没办法呀，那家伙的创业头脑真是烂得出奇。他要是事先咨询咨询我，我倒还能给他一些最起码的建议。”

沼田将湿漉漉的手在他起球的藏青色棉T恤的肚子位置擦了擦，又像平时一样幸灾乐祸地笑了起来。

“可是，那种东西，怎么说呢……”

“不像是吉原的作风？你不想看到帅气的吉原做这么俗气的事？”

没错。我很高兴他准确道出了我的心思。这是我第一次在与沼田的相处中感到高兴。

“你很喜欢那种认真又热情的人吧？现在正是你支

援吉原大师的时候呀！”

为了求助而这么轻率地接近沼田的我真是个白痴。看着沼田一如既往的嘲讽表情，他那天说过的话忽然浮现在我的脑海里。

认真吗？我倒觉得，再没有他那样不认真的人了。

这一刻，我意识到那天沼田在厕所前抛下的这句话对我而言是那样费解，以至于被我搁在了记忆中某个不起眼的角落。

“……话说回来，怎么老是在厕所碰到你？尿频吗？”

沼田撂下这句话，朝宴席的方向走去。

*

一觉醒来，我发现自己在一个陌生的房间。

我仰卧在一张黑色皮沙发上，毯子被蹬飞了，在脚边揉成一团。看来是暖气效果太好，不知是谁贴心给我盖上的毯子也没了必要。

脑袋疼，犯恶心。想喝杯冰水。我扫了眼四周，这里应该是客厅，一整面大落地窗外，熟悉的街道显得低矮而渺小。

“你醒啦？”

吉原听到动静，用玻璃杯从饮水机接了一杯水拿过来。这时我才意识到，这里就是他居住的那套武藏小杉的高层公寓。我一口气喝光了冰凉的水，感到干涸的内脏慢慢运作起来。

“看你罕见地不省人事，我就负起社长的责任叫了辆出租把你拖回来了。是个不错的学长吧？不过我也是严重宿醉。”

吉原笑着说完，也咕嘟咕嘟地喝了杯水。昨天的记忆一点点复苏。与沼田说完那些话后，我回到酒桌，因为心里烦闷得慌，就一口气灌了好几种清酒和烧酒，跟大家一个接一个纠缠，然后……记忆就到此为止了。一定是些回想起来会非常社死的事情，我就此打住，也不打算问吉原，只是用蚊子叫般的声音一遍又一遍道歉，他捧腹大笑。

“去洗个澡吧，有精神了我们去吃午饭！”我顺从了吉原的好意。躺在巨大的浴缸里，我久违地舒舒服服伸开了腿——这和我月租六万的房子里的卫浴三件套根本是天壤之别。据吉原所说，在我醉倒的时候，同样烂醉的平井嚷嚷着“继续喝”，直接把啤酒浇在了我头上。我当时穿的长袖被搞得一塌糊涂，吉原就把他的衣服借给了我。不知什么牌子的黑色速干衣有一股好闻的柔顺剂的气味。

吉原说附近有一家好吃的汉堡店，带着我去了。最便宜的经典汉堡就要一千四百日元，还不包含饮料。正当我为此烦恼时，吉原说：“今天我请客，想吃什么就点吧。”我不好意思，打算点最便宜的经典汉堡加水，吉原则笑着说“别客气啊”，不等我回话就给我点了和他一样的，价值一千八百日元的车达芝士汉堡和可乐。

“关于我打算做的线上创业课堂……”

饮料端上后，吉原边将吸管插进可乐，边开口说道，“说真的，你怎么看？”

他吸着可乐，紧紧盯着我的眼睛。

你很喜欢那种认真又热情的人吧？现在正是你支援吉原大师的时候呀！

脑海中响起了沼田的声音。在这种场合，我当然可以用一句“太厉害了！你一定会成功的”糊弄过去，但是，我不想这么做。我再也不想看到吉原被那些装模作样的评论家在背后指指点点、肆意取笑了。

“……说实话，我真没想到。至少在商赛圈子里，创业课堂、线上沙龙这种应该是禁止的吧？所以我不太明白，你为什么偏偏选择了它。”

“你果然也这么想……”

听了我的真心话，吉原点了点头，表情深沉得有些刻意。

“宇治田先生这个人，你还记得吗？”

仍是一脸严肃的吉原说出了一个令我意外的名字。

“其实，之前的活动，宇治田先生到场了。”

这倒是第一次听说。不过想来，吉原是点燃社的社长，嘉宾评委和来参加活动的创业圈人士都是由他接待的，如果说见到了宇治田先生也不足为奇。而且，要是听说去年被自己痛批的学生照自己说的加入了活动组织方，实现了自我提升，宇治田先生自然也会有种责任感，想要来见证一下。

“那天我忙得团团转，宇治田先生也只是露了个面而已。我跟他讲了这一年里我学到的东西，还有现在感兴趣的领域，‘社会友好型＋教育’之类的。宇治田先生听完后，就建议我做面向高中生的创业课堂，说他最近也对培养年轻人的创业家精神很感兴趣。”

我感到自己体内的力量消失了，之前的劲头像气球漏气般哧哧地散去了。

“宇治田先生说他有一个天使投资基金，正在寻找值得投的种子项目。要是有那个人的支持，谁都会觉得一定能成功吧。”

吉原似乎没有察觉我内心的变化，带着一如既往的灿烂笑容继续说道。也就是说，他仅仅是因为宇治田先生叫他做，宇治田先生觉得能成功，就选择了这项业务。他甚至完全清楚我们这群一路追随他的点燃社社员会反对。

“大家想说的，我都明白。但是我想成功。我真心想要让宇治田先生看到，让全世界看到，我在点燃社、在大家的帮助下得到了成长。”

吉原之后的话，我一句也没听进去。汉堡来了。吉原的长篇大论还没有结束的迹象，我只好假装在认真听，不去动它。我用余光瞥向肉饼上融化的绵软芝士，它正在无可挽回地一点点冷掉。

我终于理解了那天沼田所说的话。

吉原是一个极不认真的人。准确来说，他是一个对人生极不认真的人。

吉原说的话，永远是从别人那里借来的。从不知何处借来一些与某个场合有点搭的、听上去有点道理的话，然后用他帅气的面孔吐露出来，仅此而已。商业计划是这样，甚至他大谈特谈的梦想也是这样。他没有用自己的话语活自己的人生，没有对人生负起自己的责任。这也许是因为第一次创业的失败彻底击碎了他膨胀的自尊心，如同某个成员曾在大教室的讲台上经历过的那样。他极度害怕因为自己的责任而失败，这才选择把责任推卸到别人的话语上。

无论是他决定加入点燃社，全力以赴地工作学习，还是他宁可背叛点燃社的伙伴们也要做那种业务，这些看似不合逻辑的举动，其实在他心里都源于同一条逻辑。

在理解了这一切的瞬间，我的大脑完全听不进吉原说的话了。

“对了，你之前不是说想来实习吗？你现在还愿意吗？”

吉原有些刻意地做出不安的样子，盯着我的眼睛问道。他总是轻率地对待别人，却还云淡风轻地想把别人卷进自己靠着借来的东西度过的人生。仗着自己的魅力，他坚信所有人都会喜欢自己，自己也理所当然值得被喜欢。因此，他无法意识到有人要离他而去，他坚信这种事永远不会发生。所以，我猜他也根本无法想象眼前的我现在的心情。

“……你不邀请沼田吗？”

我没有正面回答吉原的提问，而是搬出了那个男人的名字。说不定，他会是世界上最渴望被吉原邀请的人，尽管他绝对不会表明。

“沼田？那家伙确实挺懂商业的，但我想这些宇治田先生更擅长，他会帮我的。而且……”

说到这里，他咬了一口冷掉的芝士汉堡。

“……那家伙，与其说不好对付，其实就是叫人讨厌嘛！在社团里我作为社长没有把他赶出去，但自己的生意就是另一回事了。共同创业者可是最重要的伙伴啊！沼田我是绝不会邀请的。再说，那家伙肯定也讨厌我，就算邀请了也必然不会来吧。”

“不好说啊……”

我就回了这一句，和吉原一样咬了一口芝士汉堡。已变冷凝固的芝士，实在味同嚼蜡。

*

那之后下一周的周六早上七点，一个晴朗而寒冷的日子。

虽然是第一次在东白乐站下车，但一出闸机口我就看到了熟悉的面孔。沼田站在那儿，依旧是一副嬉皮笑脸的样子。

“这刮的是什么风啊？突然说什么想打坐。正念减压法也火了好一阵子了，怎么，现在开窍了？”

“不是，我之前就一直想尝试，前段时间听平井说你偶尔会做这个。”

沼田不等我说完就转过身，朝寺庙的方向走去，仿佛在说“我可没兴趣听你的动机”。

我不知道寺庙有没有老主顾的概念，总之沼田好像经常来这座庙里打坐。几个点燃社的社员听说苹果和谷歌的员工都会打坐，于是组织了几次打坐之行，但如今只剩下沼田一人还在坚持，这就意味着大家都已经默默退出了吧。

闭上双眼，陷入黑暗。与睡觉时不同，合上的眼皮底下，两颗眼珠依然在活动着，有种不可思议的感觉。所谓的“无我境地”是不可能轻易到达的，我的大脑里闪过了些“冬天的寺庙真冷啊”“过了几分钟啊”之类平庸的念头，还有多余的时间，我想起了吉原。

“对不起，就当我没说过这句话吧。”我隔着冰冷的汉堡对吉原说。吉原一瞬间面露惊讶，但又马上变回了平时慷慨从容的表情，只是轻声说了句“这样啊”。我又说了一遍对不起，估算价格后，拿出两张千元钞票放到桌上。吉原说着“这不能收”，把钱推了回来。我把钞票攥进口袋，回了位于相邻车站的家。下午一点多了。我打开紧闭的窗户，十一月的微风吹来，带着一股澄澈的凉意，拂过我的脸庞。和往常一样，吉原居住的高层公寓就在眼前。以后，看着那栋建筑时，我再也不会产生那样漆黑黏腻的情感了吧。

吉原接下来会怎么做呢？

为了避免误解，我要直说我认为吉原的事业会获得一定的成功。他确实对人生极不认真。可是，认真对待人生就会占据道德的高位，更接近经济上的成功——这种事根本不存在吧。反倒是那些擅长抛却个人意志，将所有赌注压在聪明人的意见上，总是言不由衷的人，会更顺利地推进人生吧。不负责任地对待人生，一边在人前说着“理想中的自己”，一边战略性地将其舍弃，一切都听从别人的意见，错了就怪罪在别人身上——吉原就是这样活在世上。而他的事业和他的人生，注定会获得成功。就算经历了失败，从本质的层面来说他也没有失败。所以，他会永远以一个成功者的姿态活下去。这对于吉原而言，大概是一种幸福。

我有过想要成为吉原的念头吗？

我明明一点儿也不了解他，却自顾自地崇拜他。事实上，那也许甚至称不上崇拜，我只是把吉原这个随时随地能大大方方拿出来的存在，放在了人生的神龛上，以此逃避思考自己的人生。我一面批判着村松那种装模作样的评论家，其实自己不也依附着吉原，想要轻轻松松地活着吗？

“大家如果能通过点燃社这个平台，成为理想中的自己……”

我会不会永远也找不到这个问题的答案，永远止步不前，直到青春彻底逝去呢？

虽然不合规矩，但打坐时我还是偷偷睁开了一点儿眼睛。我担心脖子一动就会被身后的和尚用棍子敲打，便只是用余光瞥向坐在一旁的沼田。他紧闭双眼，坐得笔挺，只有伴随缓慢呼吸微微起伏的身体证明他还活着。

不同于我，有着丰富打坐经验的他说不定已经到达了“无我境地”，但如果他正在思考的话，思考的会是什么呢？当沼田意识到与那个男人有关的愿望永远不会实现时，他完全放弃了行动，这样的他还会再次行动起来吗？抑或是永远——

想到这里，一声钟声响起。打坐结束了。我解放了盘在一起的双腿，脚背的地方一阵发麻，走路都不利索。沼田看着我这副模样，愉快地笑了。

*

九点刚过，沼田说了句“去吃早饭吧，虽然不请你”，也不问我的意愿就径直走进了寺庙对面的连锁餐厅Gusto。我没有办法，只好跟着他进去。沼田要了一份松饼套餐，我要了吐司煎蛋套餐。

“你肯定为了打发时间在想这想那吧？”

“是的。我在想吉原其实并不认真这件事。”

我老老实实地回答。沼田的脸上露出了丑陋又扭曲的表情。

“你总算意识到了？”

“我想是的。”

我又老实地回答道。沼田的脸又扭曲丑陋了几分。

“沼田你又在想些什么？”

“秘密。这种事情怎么可能告诉你。”

沼田说完啜了一口从自助吧台取来的热咖啡。沉默。要是平时的沼田，一定不会顾忌身边尴尬的气氛，只会自顾自地一口接一口喝咖啡。但是，今天不一样。

“所以……看到心爱的吉原大师要做那种业务，你打算怎么办？不会真的要无偿实习吧？话说吉原已经邀请你们了吗？被邀请的人要考虑怎么拒绝，也很难办吧。”

沼田依旧挂着讥讽的笑容，但他迂回、试探性的询问又与平时有些许不同。这个被他轻轻抛来的问题，想必包含着能够左右他人生的重量，让我不知如何应对。我的大脑停止了运作。匡威运动鞋里双脚的感觉还是很迟钝，一种轻微的针刺般的疼痛扩散开来。我试着屈伸大脚趾，还是没有好转。总不会一直这样吧，我心中升起了小小的担忧。这一刻，再也无法活动的恐惧和再也无法活动之后凄惨的人生同时浮现在我的想象中。回过神来时，回答已经脱口而出。

“……不会，他虽然邀请了，但我拒绝了。你没有收到邀请吗？”

服务员先端来了松饼，小心地放在沼田面前。咔嗒——陶制盘子发出的没有感情的声音填补了这一瞬的沉默。我看向沼田的眼睛。为了不错过那深处任何微小的动摇，我残酷地盯着他的双眼。

“虽然不知道是不是真的，说是宇治田先生会提供支持，还会考虑投资。业务内容也是宇治田先生出的主意。我觉得倒也不是没有成功的可能性。沼田，你如果想帮忙的话，要不我去拜托吉原？反正你也没被邀请吧？”

原本只有自己一人看透的、吉原对人生不认真的本质，如今又有其他人发现并表达了肯定——刚才还存在的这种喜悦，此刻似乎已经从沼田体内完全消失了。取而代之的是绝望，沼田寄予他人的信任再一次，而且是更加彻底地被背叛了。受过伤的他笨拙地攥着的最后一根稻草，咔嚓一声断了。他陷入了一种无可挽回的绝望……

沉默还在延续。这次是我点的套餐来了。我不愿连续两天眼睁睁看着食物冷掉，便拿刀戳破了刚做好的煎蛋。蛋黄汩汩流了出来，染黄了纯净无瑕的蛋白和与沼田同样造型的白色盘子。

“我可是拒绝了。要是听信跟随了那种不认真的人，最后指定被他背叛，被他抛弃。线上创业课堂这种东西他肯定很快就会放弃，到时候再照着别人说的，做别的生意。你没被邀请可太好了！这种人，最好再也别跟他扯上关系了。”

沼田一句话也没说。我把厚切吐司掰成一小片一小片，蘸了流出来的蛋黄放进嘴里，然后又看向沼田的眼睛。社长选举结果公布的时候，他的眼睛一定也是现在这副样子吧。他就用这双眼睛，死死地盯着那些背叛奉献一切的自己，却没有丝毫歉意的人们——

“沼田，你之后有什么打算？”

这个问题并非对他的攻击，而是发自内心的担忧。我仿佛看到他变成了一具无法活动的躯壳，再也去不了任何地方。

沼田，算了吧。

别等吉原了，也别认真去想发现自己等不到吉原后的人生该怎么活了。我们没有什么应该去的地方，为了把人生装点得稍微漂亮些，加入一个精英社团，多了些能写进简历的经验。这不就够了吗？那个男人受了无法愈合的伤，堕落了，你没有必要跟着陪葬啊。

对了！我们最近发现了一个新的“吉原”。

“沼田，有个新的校际商赛组织社团要成立了，你也一起来吗？听说跟我一级的村松他们，还有平井他们都打算加入。大家都看透吉原了。你考虑考虑？”

如果拒绝了这个邀请，也许今后再也不会有人来拉你一把了。呆呆地停在那儿等待吉原，是没有用的。你知道那个人听到我问“你不邀请沼田吗”，是怎么回答的吗——

沼田没有回答，也没有任何动作。他沉默着，只是呆呆地坐在那里。

*

我随便扯了个借口说和朋友有约，把吐司都塞进嘴里后，掏出了昨天吉原没收的那张皱巴巴的钞票放在桌上，然后一个人走出了餐厅。

“谢谢你邀请我。”耳边传来沼田微弱的声音。到最后，沼田也没有明确答复我的邀请，但这就足够了。

我从东白乐站坐上东横线。摇摇晃晃的车厢内，对面的车窗因为明朗的阳光而不见一丝倒影。如果上面映出我的脸孔，如今是更像吉原，还是更像沼田呢？一个男人不负责任地飞奔着，抛下了一切；另一个男人则坐在那里认真思考，直到双腿发麻动弹不得。我能够问心无愧地说，自己的心中丝毫没有这两个男人各自背负的虚无吗？

新丸子站到了。站前的商业街人影稀疏，微蓝的天空没有一朵云彩。美好祥和的早晨在我眼前展开，仿佛刚才的一切都不曾发生过。我这才意识到，脚上的麻木已经完全退去。双脚如我所愿地迈开，把我的身体一步步带向前方。我还年轻，一定能，至少现在还能，去到任何地方。我打开 LINE[①]，给村松发了一条消息。

之前说的新商赛社团，我也想加入。还来得及吗？

对面立刻显示了已读，村松回复说“完全来得及”。是啊，还完全来得及。即使这条路是错的，我的面前一定还有无数条路在等着我。我会不负责任地选择一条又一条路，抛下一个又一个人，永远地奔跑着。最后，我一定会抵达某个地方。虽然不知道在那里我能否得到想要的东西，但那一定会是个比现在好的地方——我只能如此虚妄地相信，然后不停奔跑。

人生不是学校的考试，不存在绝对正确的唯一解。等我学会了模仿他人的样子迈开步伐，一定也会在某个时刻，像某个人一样停下脚步。而后，我将再次被止步

① 日本常用的聊天软件，类似中国的微信。

不前的恐惧驱使，再一次不负责任地迈开步伐。如此荒唐的日子如蛇一般蜿蜒前行，留下一道扭曲的轨迹，构筑起我人生的形状。

第二话

二〇一九年

二〇一九年四月，我从早稻田大学政治经济学部毕业，通过校招进入了位于大手町的顶尖大型企业——帕森斯人才经纪公司。

在求职大学生中，“帕森斯”的人气非常火爆。许多学生看到“实力至上！无关年限！人人都能当经理和子公司社长”“三十岁年入千万！轻轻松松！”这样有诱惑力的宣传标语，就毅然踹了综合商社和广告代理公司，选择加入帕森斯。“牛啊！这就是女强人！”“成功人生向你招手了！”当我在研讨课上宣布自己拿到了帕森斯的录用函，周围传来了一片羡慕的声音。

“以新人奖为目标，第一年就把油门踩到底，给我狠狠地创造价值吧！”

四月一日。就职仪式在位于总部大楼十八层的员工食堂举行。氛围很轻松，宇治田社长带着饱满的精神，以一种幽默的口吻动员道。宇治田社长年仅四十有余就取得了“传奇创业家”的称号，他几年前出版的自传《通宵工作的社长的告白》赢得了团块世代①的一致支持，但公司内外也不乏反对意见，称其为“时代的错误”“给员工传递了错误的信息”。此刻聚集的约一百名身着正装的新员工中，也只有一半人边做笔记边频频点头，另一半人则坐得东倒西歪，一副“你在说什么”的冷淡表情。

就职仪式结束后，是玩游戏一般的培训。大家以六人为单位分成小组，一边在员工食堂吃午餐，一边向小组成员介绍自己想在帕森斯实现的目标。其目的自然是让我们提起精神，面对明天开始的正式培训和未来漫长的职业生涯，同时加深新人之间的情谊——一看就是帕森斯的老古董们会喜欢的培训方式。

“我会全力以赴工作，创造杰出价值！一定要拿到新人奖，站上年会的舞台！”

---

① 专指 1947 年至 1949 年二战后日本第一次婴儿潮中出生的一代人，是高速经济增长和泡沫经济的亲历者和参与者。

我所在的小组里，栗林风卷残云般吃完大份的炸猪排咖喱饭，又咕嘟咕嘟喝下一杯餐后咖啡后，首先发表了自己的郑重宣言。

帕森斯有一套自己的内部表彰制度，小到月度MVP，大到年度最佳经理奖，为员工们准备了各式各样的奖项。其中最受瞩目的，就是每年三月在公司年会上公布的“新人奖”。该奖项旨在表彰工作表现最突出的新人员工，现今最年轻的董事、子公司社长等帕森斯的杰出人员几乎都曾得过，它也因此被称为出人头地的必经之路。栗林的一番话表明，他渴望获得本年度的新人奖，在年会舞台上从宇治田社长手中接过奖杯，以此开启一段辉煌的职业生涯。栗林的人生规划简单至极。在他看来，只要沿着帕森斯前辈们的老路走，自己一定也能获得同样的满足。

“那么就按顺时针的顺序，接下来请沼田发言！”

也许是时刻为被提拔为经理做着准备，栗林在这场同期入职员工的聚会上自发地扮演起主持人，将话头递给了坐在我对面的男人。

“啊，第二个就到我了？让我想想……”

这名戴无框眼镜的男人刚刚还在吸溜着冷荞麦面，

闻言便嘿嘿笑着放下筷子，挠挠脑袋，沉默了几秒钟。在他苍白的下巴到喉结之间，没刮净的一撮撮青色胡茬仿若一个个污点。

“这时候我该说真话吗？”

这句话就像免责声明，仿佛在说：接下来我要说点爆炸性的内容，你们别吓着啊，谁叫你们非得让我说真话。

“当然，绝不否定说真话的人，这可是我们帕森斯最重要的规矩。”

听到栗林这般一本正经地回答，沼田的嘴再次丑陋地撇成了两条线。

“我想被分到总务部之类的地方，做点最低限度的工作，别被开除就行，每天准点下班，然后去皇居跑步[①]。”

一瞬间我怀疑起自己的耳朵，但看到周围的人都和我一般表情，就放心了。只有栗林似乎正在飞速运转大脑，想着如何在不否定沼田的前提下把话圆过去。他好像做出了判断，想要把这个发言的接力棒立刻传给下一个人，也就是我。看着他一脸“救救我”的神情，我

---

① 皇居是日本天皇的居所，位于东京市中心。利用皇居外围道路开展的跑步活动，全程约 5 千米，吸引了无数跑步爱好者，其中包括著名作家村上春树。

再也无法忍受这尴尬的沉默，开口敷衍了一个积极的发言："我——我也要拿新人奖！栗林，那我们就是竞争对手了，一起加油吧！"

*

当天晚上，人事部举办了一场小规模的欢迎会，地点还是中午的员工食堂。欢迎会结束后，听说还要转移阵地续几次摊，但我尚不习惯公司的氛围，深感疲惫，在第一场聚会后就回家了。

从大手町站乘三田线，到神保町换乘都营新宿线，再坐三十分钟左右，在本八幡站下车。我尽量选择亮堂的大路，为此绕了些远。步行需要十五分钟，通勤时间总计约一小时。楼房鳞次栉比的安静住宅区内，比两旁稍大一些的二层积水住宅[①]就是我的家。

我轻手轻脚地插入钥匙，轻轻转动开锁，再轻轻拔出钥匙。铁质的门把手蓄满了早春的寒气，我用做了简单美甲的右手轻轻握住，往身前拉。啪嗒一声，门轻轻

① 由日本著名建筑公司积水住宅株式会社开发建造的房屋。

地开了，橘黄色的微光流泻出来。雪白的墙纸，反光的橡木地板，展示柜上的透明玻璃花瓶里插着两枝白色的洋桔梗。整洁的空间中满满当当地盛放着幸福，完美得让我近乎窒息。

“回来啦。”

房间里面传来母亲的声音。母亲每天管理着这个温馨的家，对我这个二十二岁还住在家里的女儿倾注了无限的爱。有股炖羊栖菜的味道。应该像往常一样，还加了黄豆和魔芋块之类的吧。明明我早晨说了今天公司有聚会，不用给我准备晚饭。她会不会是担心女儿一个新人，在前辈在场的聚会上放不开，结果大晚上空着肚子回来了，得给她准备些不影响消化的小菜？

母亲总是默默付出，不求回报。面对这样的温柔，我总是不知如何是好，今天也呆呆地立在了玄关处。

上幼儿园的时候，我住在西船桥的公寓里；升上小学后，在商社上班的父亲建了这个家。我初高中读的是附近的公立学校，大学也在坐电车一小时的通勤圈内，所以时至今日，我依旧住在这个家里。

母亲从女子大学毕业后，在公司里与父亲相识、结婚，婚后当起了全职主妇。听说她娘家是这一带的地主，拥有不少土地和楼房，我们家的这块地也是外公的。

商社职员与全职太太，这样的组合堪称工薪家庭的标配，但母亲身上至今仍存有某种脱离凡俗的不可思议的从容。我想是因为她生长于一个富裕的家庭，从小到大受过各方恩惠，所以也能毫无顾忌地施人以善吧。我的母亲绝非所谓的“毒母”[1]，相反非常温柔体贴。父亲因为经常调职去外地或加班到深夜，在家的时间很有限，大部分时候这个家里只有我和母亲两人。那是一段十分祥和的如水时光。然而，我在这个幸福至极的家里，却总感到不适。我怀疑这样的自己患有某种致命的缺陷，因而常常受到深深焦虑的侵袭。

*

短期培训一眨眼就结束了，四月底，公司在黄金周假期来临之前宣布了每个人的部门分配。最终我被分

① 由美国心理治疗师苏珊·福沃德的著作《原生家庭》（*Toxic Parents*）衍生而来，指对孩子有超强的控制欲，善于情绪勒索的母亲。——编者注

配到了商务中心。帕森斯的基础业务是一款名为“快乐工作”的招聘服务，针对不同客户类型开设了不同的网站。比如，“快乐校招”负责校园招聘，“快乐前程”负责社会招聘，“快乐兼职”负责兼职招聘。每个网站由各自的事业部分管，而我被派到了商务中心里的“快乐兼职事业部”。我的工作就是给各家餐饮店打电话，与商户约好时间后到店拜访，取得平均三至五万、最多不超过二十万日元的单子。我负责的五反田区域，客单价在兼职事业部里算是下游。于是，穿着休闲职业装和便于行走的平底鞋，往返于大手町和五反田的日子就这样开始了。

开始工作一个月后，连我自己都感到意外的是，我居然从这份工作中获得了极大的满足感。比起与每个人建立深入的联系，我向来更擅长处理这样泛泛的人际关系，也觉得这挺有意思。

而且更重要的是，我与上司很合得来。

“照这节奏，这个月的指标完不成了吧？”“不够的部分你怎么补足？”“拓展新客户的电话打了几通了？”“为什么觉得这样就够了呢？”“明明知道不够，怎么不接着干？”“具体目标数字是多少？”“时间不够了，你想怎么达标？”“你不是在找借口逃避责任吧？”“你不觉得这种态度会体现在业绩上吗？”

下午五点回到公司后，每个人都要在全科同事的面前向滨口科长汇报当天的业绩，这个环节被称作“批评会”。滨口科长是我所属的兼职事业部二科的女领导，二十六岁的她在今年春天刚刚被提拔，成为史上最年轻的科长。也许是源于天生的性格，她在与人交流时思路极其清晰，不会留给对方一丝反驳的余地。批评会上，即便是业绩好的员工也会被揪毛病，提出需要改进的点。科里的员工都对她望而生畏，批评会结束后，大家总是相互小声说着“今天很有干劲嘛”“辛苦了”，彼此安慰，然后回到各自的工位。

“老妈”。不知谁先在背地这样称呼起滨口科长后，它成了科里的通行叫法。滨口科长比兼职事业部的大部分员工年纪都小，把她叫作“老妈”自然是一种揶揄，不过她那种捉住细节不断指责的说话方式，以及有些自大且神经质的态度，的确合乎刻板印象里的“老妈”。

但是我丝毫不讨厌这样的滨口科长，相反还很喜欢她。挨骂当然不会是件开心的事情，当前辈们小声安慰我说“被骂惨了吧”，我也会表现出新人该有的沮丧模样，苦笑着说“是啊，太惨了”。但其实，我心里并不觉得有多“惨”，反而有一种不可思议的爽快感。

而且更重要的是，我完全不觉得滨口科长是“老妈”。

*

“哎呀，我真的胖了。你猜我长了几公斤？”

桌上铺着白色的桌布，坐在对面的由衣夏隔着黄色的夏日针织背心掐了掐肚子上的肉。六月中旬的星期六，虽没下雨，但处处是梅雨季节灰色的气息。我们坐在麻布十番的一家意式餐厅内，亮堂的空间里拥挤非常，让没有预订的食客望而却步。

我被分配到兼职事业部之后，每天上午赶到五反田，在店里谈生意到傍晚，其间稍有空闲，还要不停给没合作过的商家打电话，拓展新客户。上一次像这样和同期入职的朋友一起吃饭，已经是很久前的事了。

毕业于青山学院大学的由衣夏，是我在同期入职的员工中关系最好的。她有着小动物一般惹人怜爱的脸蛋，性格开朗，对任何人都坦诚相待。来自富山的她参加过一个叫“深谷葱小姐”的街道选美比赛——这比赛真不知道都是谁在报名——并获得了第二名，还上过播音学校。由衣夏的学生生涯真如那些典型的美女大学生一般，但最终还是没能闯过电视台播音员的严苛考验。于是，她进入了帕森斯，这个在她看来“似乎闪闪发光”的地方，而后被分配到了快乐前程事业部。

受由衣夏的影响，我也不禁掐了掐自己的肚子，指尖清楚地触到一团学生时代尚不存在的柔软物质。我这一个月也胖了两公斤。餐饮业的经营者个个服务精神旺盛，严守社交礼节。我去店里签单成功了，对方一定会做份餐点，祝今后合作愉快；就算这单没成，也会带着歉意端出点什么，表明有兼职需求了一定会联系我。我也不能置之不理，只好每次都把端来的食物全吃干净。

我的面前是两份一模一样的奶油培根意面。由衣夏仿佛已经把刚才增重的话题抛在脑后，用叉子卷起一团热量放入口中，随即发出了“真好吃”的感叹。

由衣夏所属的快乐前程事业部是商务中心数一数二的摇钱树，因此业务量巨大，据说从前一个月加班超一百小时是家常便饭。然而，被分到那里的由衣夏的口头禅却是“人生不只有工作嘛”。她的实际行动也是如此，每天上午九点掐点到公司，一到下午六点立刻下班，约几个同期入职的朋友，去银座或是六本木逛街喝酒。想必就是这样的生活，让那一公斤的脂肪一点点粘在了她身上。

“对了，不是有个叫小林的，跟我一起分配到前程事业部嘛。东京理科大学毕业的那个。那家伙上周突然辞职了！听说转去做咨询了。那还不如一开始就去咨询公司呢。我们这群留在帕森斯的，不仅要忙着收拾他的烂摊子，还有种被否定了的感觉，真是气人！”由衣夏抱怨道。

她风卷残云地吃完意面，正拿面包蘸着盘底热量爆表的白色酱汁。算上他就是六个了，我在脑袋中暗数。进公司才过了两个多月，同期入职的一百个人里已经有六个人离职。跳槽去的公司各式各样，有喜欢第二应届生①的大型系统咨询公司，也有发展迅猛的初创企业。但据说离职的人有一个共同点，就是他们都认为，在帕森斯已经没有机会获得飞跃式的成长了。帕森斯虽

① 指毕业后工作了较短时间（一般在三年以内），就放弃第一份工作的求职者。

然标榜自己是“永远的初创企业”，但在创立后二十余年的持续壮大中，事实上早已渐渐丧失了世人想象的那种“帕森斯氛围”。它建立起了合规体系，明确加班不得晚于十点，一个月加班不得超过四十五个小时。除了滨口科长这样的特例，大部分人都是走年功序列[1]的路子，慢慢干总会升职加薪。从前还有许多人为了提升履历跳到其他初创企业或外资企业，但最近好像没怎么见到了。如今在这家公司里，员工不再像草创期时那样努力工作了，也很难获得飞跃式的成长，唯独那种闪闪发光的氛围依然存留着。

尽管如此，选择留在公司的多数派似乎很享受这种矛盾感。“人生不只有工作”这句话，不单单属于由衣夏一人，眼看就要变成二〇一九年入职新人们的统一口号了。拿着比大学同学们高的工资，穿着自由时尚的衣服进出大手町的高级办公室，在联谊活动和大学校友会上炫耀着公司的名片，却从不想要创造与工资对等的价值，每天准点下班了就去喝酒。在年号更迭的新时代，玩命工作百害而无一利的观点逐渐成为社会主流，或

① 日本企业传统的薪酬和晋升制度，员工的工资和职务随本人年龄和企业工龄的增长而逐年提升。

许，互相说着“人生不只有工作嘛”，手握二十几万的月薪，成群结队出入银座、六本木，才是如今正确的生活方式。

当然，其中也有例外。首先就是我。有一次，晚上七点的时候，还在加班的我突然收到了由衣夏的LINE消息轰炸。我心想她指定是六点多跟朋友开喝，这个点正在兴头上，便没去理睬。八点半下班后，我给她回了电话。如我预想的一样，对面听上去差不多结束了，伴着小酒馆特有的吵闹背景音乐，她竟然有些生气地质问我：“你为什么要这么认真工作呢？”

为什么要这么认真工作——我的加班时间虽然没有超出那严格的规定时限，但相比其他新人我确实干的多得多，这着实让我吃了一惊。我单纯地因为擅长学习而上了个好大学，大学四年间也没有找到自己想做的事，进入帕森斯的理由想来也同其他新人没什么两样。可我究竟是为什么会这样乐此不疲地工作，仿佛终于找到了能让我自由呼吸的地方呢？

栗林是另一个例外。他是那种精力极其旺盛的人，与由衣夏一同被分配到快乐前程事业部，工作比由衣夏勤奋得多，却还能和由衣夏一样地玩耍。同期入职的新人们每天在LINE的聊天群里张罗聚会，据说栗林加完班过去，还能保持全勤。

不记得是哪次聚会，栗林照例也参加了。桌上有个大学时就认识栗林的同事爆料他“经常显摆自己大学时是音乐社团的社长，其实就是个无人问津的曼陀铃社”。栗林的脸唰地红了，不着调地反驳说自己“现在回老家还会有一群小弟来请安”。听到“小弟”这个与他的矮个子和娃娃脸八竿子打不着的词，大家都捧腹大笑。

说起来，还记得帕森斯的校招说明会上，见到来的几名公司中层时，我的第一反应是“大家都好像”。以帕森斯为代表的这些二〇一〇年起风靡一时的“闪闪发光的精英型超级初创企业”，或许不过是一群高度同质化的人的集合体而已。他们拥有相同的出身、相同的学历，还拥有相同的价值观，渴望多工作、多赚钱、获得飞跃式成长。从结构上看，这完全无异于昔日的不良少年小团体。以公司这个“第二老家”为地盘，在一定的规则下一同积攒分数，互相寻求认同。在不良文化日渐式微的时代，栗林向往的也许只是更适合好孩子的复刻版本？新人奖的梦想，说不定也是他要在小团体中得到高分所必须走出的一步。

那么，从这场荒诞的不良少年模仿游戏中退出的其他二〇一九届新人呢？如果说“人生不只有工作”，那他们打算用工作之外的什么，来填补人生的空白呢？

不能忘了最后一个例外——沼田。

沼田在新人培训时就惹出过一个乱子。那一幕发生在经营企划室的团队协作培训中。经营企划室与商务中心同属公司的热门部门，其职责是管理各项新业务和各家子公司，是当之无愧的集团大脑。被分配到这里工作就意味着受到社长的器重，未来高升有望。回想起来，当时坐在会议室里的新人们想必都暗暗较着劲，希望给经营企划室的前辈们留下好印象，为自己的岗位分配加点砝码。

同期入职的前桥，是毕业于御茶水女子大学的一个认真热情的女生。她打一开始就想进入经营企划室，即便是身处别组的我，也能看出她为此铆足了劲。但是对她来说最大的噩耗就是，那个男人也被分在了同一组。

“真受不了！你为什么总是捣乱呢！”

听到前桥的怒吼，会议室的空气瞬间凝固了。那是各个小组正在就“帕森斯二〇二〇年应该开展的新业务”讨论得热火朝天的时候。

“这怎么叫捣乱呢？我只是对你的绝妙点子提出了一点儿个人意见而已。”

说话的正是沼田。他双手抱胸咧嘴笑着，像一个名侦探般惬意地靠在会议室简朴的椅子上，仿佛对前桥悲痛的咆哮毫不在意。前桥利用自己大学时期取得教师资格的经验，绞尽脑汁想出了与教育相关的业务提案，却被沼田以摧枯拉朽之势贬得一文不值。而且令人无奈的是，那些意见无不一语中的。可怜的前桥无计可施，内心种种最终化作了一声悲鸣。

“我这个人，听到新业务呀，创业呀，还有教育科技什么的，这张嘴就管不住。真对不起啊。”

沼田姑且是道了歉，可他那副厚颜无耻的表情看不出任何歉意。

“为什么啊……”

前桥小小的眼睛里淌出了泪，竭尽全力也只挤出了梦呓般的只言片语。

“为什么……为什么你这样的人会在帕森斯啊……”

帕森斯是一家以人才为重的公司，把人才称作“人财”。许多拿到录用函的人也是因为公司里有很多值得共事的人而最终选择了帕森斯。然而现实是，为什么像沼田这样的人会出现在公司里？茫然若失的前桥不由得从口中吐出了这个耿直的疑问。

“你问为什么，因为不想干活啊。”

我看到前桥的所有愤怒、悲伤、羞耻纠缠在一起，化作了某种“诧异”。

“你说……不想干活？那干吗费大力气进这家公司？我可是为了取得飞跃式成长，为了实现自我价值，不惜把其他公司踹了才进入帕森斯的啊……”

“要我说，只要有人付我工资，做什么我真心不在乎。你说的飞跃式成长、实现自我价值，我都没兴趣。所以面试时我就说了，我想进这家大公司，就是想在终身雇佣制[①]的守护下，每个月大口吸食其他优秀员工拼搏来的收益，在总务部之类的地方干点最低限度的工作别被开除，每天准点下班去皇居跑步，然后就通过了。这说明我的人生规划公司也充分认同了吧。”

这鬼扯一般的话是真的，人事部的前辈在聚会上

① 日本企业实行的用人制度，员工一经录用通常会在该企业工作至退休。

做证。据说这件事在人事部里也成了一个传奇。宇治田社长一时兴起参加了最终面试，就在其他考官都被沼田的发言惊得说不出话时，唯独他一人哈哈大笑，放下了一句“有意思！录用！”。“最近的学生都是乖宝宝，没意思。我们公司永远是初创企业，需要越来越多地引进具有破坏力的人。”社长在招聘页面的采访中这样说道。宇治田社长在提拔员工、出谋划策时经常随机发挥，让人摸不着头脑，听闻这件事后我恍然大悟，确实像是他的作风。总而言之，沼田就是凭借这样荒唐至极的理由进入了帕森斯。

“沼田绫太郎——总务部！”

在极其正式的任职宣布会上，当人事部长的声音传遍会议室，新人们之间出现了一阵轻微的骚动。总务部——负责管理办公室和公司各项规定，召开股东大会的部门……我的大脑虽然理解这个部门的重要性，但是实话实说，这是我最不愿去的部门。有个比我大一岁的前辈被分配到了总务部，在某次聚会上自嘲般地抱怨说，自己完成的第一项工作是把枯了的绿植换成新的，把在座的人都逗乐了。他又把总务部叫作“人才的坟场”，再度引起一阵爆笑。确实如此。放眼总务部的人，要不是没能在其他部门做出成绩的，要不就是与人沟通有问题的，似乎尽是些在公司干得不好又没有理由开除的人。我还记得偶尔去总务部办一些公司手续时，碰到的都是些大白天就在百无聊赖地刷雅虎新闻的中年人。被既没能力也没动力的同事包围，把枯死的绿植一盆盆换成新的，如此无趣的日子。既然“人生不只有工作”，像沼田说的那样每天做完最低限度的无聊工作，准点下班去皇居跑步，对于各位新人来说也不失为一个好选项，但看样子大家并不这么想。被分配到了哪里，有谁做导师，不知为何大家都对这些身外之物非常敏感。所以当听到沼田被分配到总务部的时候，大家肯定都心想“太好了”。因为在轮到自己之前，沼田抽走了那根名为总务部的下下签。骚动来自大家的叹息，安心的叹息。浑浊的二氧化碳彻底松弛，从除沼田本人外的所有新人肺中，一齐释放了出来。

对了，说句无关紧要的题外话，那是我第一次知道他的名字“绫太郎”，还怪可爱的。

据说，沼田此后在他梦寐以求的总务部干得顺风顺水。更换绿植这种给新人的下马威他也轻轻松松地做了，最近还负责了制定公司内的垃圾分类新规这样美其名曰“新项目”的活计，把总务部地地道道的各种无聊杂务都踏踏实实地干了个遍。听说总务部的阿姨们都对他评价颇高，说没想到今年来了个好孩子。就在周围的新人逐渐模仿前辈们换上有些时髦过头的商务套装时，只有沼田觉得“还要特地买，多麻烦”，依旧穿着他那套求职用的黑西装，这反而让他显得更像一个“靠谱的打工人”。

只不过，要是以为那个男人会在周围的吹捧下安分守己当个模范新员工，那就太天真了。也许是因为工作效率高，抑或是派给总务部刚入职新人的工作量可想而知，听说沼田到了下午两三点就闲了下来，然后属于他的优雅阅读时光就开始了。

“总务部这地方书可多了。一个大书柜占了一整面墙，摆满了各种旧杂志。部门里我唯一合得来的部长希望能为部门成员的自我钻研做点什么，上到定期订阅的神秘总务行业档案，下到其他部门打算扔掉的杂志，他通通收集保存了起来。只可惜其他人都忙着上网刷帖，貌似只有我会看。里面还夹了些莫名其妙的书，可有意思了。”

岗位确定之后过了一段时间，新人们因为培训久违地聚在了大会议室里。我远远看着沼田在角落说着这样似是炫耀的话，把周围惊得无言以对。据说他每天端着一杯咖啡随心所欲地看书，像进公司第一天宣称的那样每天准点下班，绕着皇居洒下健康的汗水，偶尔还会在同期员工的聚会上露面。乍一看，他的人生也是“不只有工作”，但他能全然不顾外界的评判标准，在这一点上和其他人似乎又有着些许不同。

“你的布丁，不要就给我吧？”

不等我回答，由衣夏就将金色的小勺伸向了我的餐碟。不知不觉间，餐厅的玻璃大门外，下起了淅淅沥沥的小雨。

由衣夏和我在对待工作的态度上可能属于两类人，但我们还是很合得来，会像这样在周末约着见面。跟由衣夏在一起很开心，平时无意识中紧绷的神经会痛痛快快地松弛下来。虽然跟栗林他们边喝酒边聊工作上的事也很开心，但我十分珍惜与由衣夏交换公司内部小道消息的时间。

不过也有令我不安的地方。由衣夏的性格大大咧咧，反过来说就是有些毛糙，不懂得替人着想。今天这家意式餐厅就在她家附近的白金高轮，却是我搜到并预约的——明明她只要躺在家里动动手指刷刷 Tabelog[①] 就能搞定。与她交往，总会不经意感到这段友谊中包含着某种不平等条约。连我自己都很讨厌这样想的自己。我也不能单纯因为由衣夏不找餐厅不预约，就与她断绝朋友关系。所以今天我也是一个人心里嘀咕着，却一副无事发生的样子和她一起说笑傻乐。真是卑微又狡猾啊。回家的电车上，我一定会陷入自我厌恶吧。

由衣夏本人又是怎么想的？她是否会感到内疚呢？我眼看她舔着作为餐后甜点的雪葩，觉得她的心里好像没有这样的苦恼。

“对了，同期员工 LINE 群里发的那个皇居跑，要不要一起去？美容博主都在说减肥要靠有氧运动，而且我好久没见英梨了。”

英梨。由衣夏吃光雪葩后说出的这个名字，我已经许久没有听到了。

---

① 日本美食应用程序，具备餐厅查询、预约等功能，类似国内常用的大众点评。

*

“Oh my gosh！多久没见了！”

七月上旬，一个梅雨暂时停歇的周三晚上。气象厅前的十字路口，车道纵横交错。路灯照亮了人行道，身穿运动装的我收获了一个热烈的西式拥抱。拥抱来自英梨。刚才久违地点开了她的 LINE 账号，用户名已经从之前的“英梨”变成了“Elly”。[1]

英梨和我同期拿到帕森斯的录用函。她毕业于上智大学，是英语达到母语者水平的海归子女。学生时代在全球最大的海外实习服务团体担任过理事，兴趣是出国旅行，特别是当背包客穷游，还喜欢泡温泉和收集神社印章。

至于我为什么这么了解英梨，那是因为在帕森斯初试的集体面试中，我跟她分在了同一组，后来在最终面试的等候室里也碰上了。“一起拿到录用函，一起进入

---

① Elly 与英梨的日语发音相同。

帕森斯吧！”她一把抓住紧张背诵着面试话术的我，兴奋地说道。最后我们俩都顺利通过了终面，一起拿到了录用函，却没能成为同事。她没有选择帕森斯。和我预想的一样，她手里还握了好几封录用函，最后她决定进入位于日本桥的外资投资银行“戈登·理查德森证券”。

> 很遗憾不能跟大家一起工作了，但我对大家和帕森斯的爱永远不变。今后有机会的话也请多多关照！哈哈。

拿到录用函的人组建的LINE群后来直接变成了同期员工群，但不知为何英梨一直都在群里。其他拒绝了录用函的人都已经自觉退群了，特地新建一个没有她的群也很麻烦，我们就一直用着这个有她的LINE群。虽然不知道群消息她刷得多不多，但我们每天聚会的事情我想她肯定一清二楚。

和往常一样，今天这场皇居跑活动，也是栗林的提议。同期员工群里每天净是些问“喝不喝酒”的消息，很多人都把群消息屏蔽了，所以最终响应他号召的只有十人左右，我则在由衣夏的邀请下参加了。当然，稀客中的稀客非英梨莫属。“我公司就在边上，如果能参加的话算我一个！哈哈。”看到她的回复，想来也没人会拒绝。

在距离帕森斯不远的神田桥，有一家健身房。我们花六百日元借用那儿的更衣室衣柜换了衣服，晚上七点在护城河边的广场集合。广场因为竹桥站施工的一片临时围栏而显得十分逼仄。

“Missed you！最近好吗？”

由衣夏穿着阿迪达斯的可爱粉色衣服，用平时少见的夹子音说完前半句英语，就被英梨一把抱住了。她的脸上笑开了花。由衣夏曾梦想成为体育主播，为了能够胜任世界杯之类的国外采访，央求父母送她去犹他州留学了两个月学习语言。这样一段经历，虽说只有短短两个月，使由衣夏受到了外国文化的轻度感染，她似乎因此对英梨产生了某种奇妙的同类意识。

英梨穿着一件深绿色 T 恤，像是车站外服装店卖给阿姨们的衣服，给人一种独特的老成感。她的衣服贴着由衣夏的淡粉色衣服，仿佛一块不合时节的樱饼[1]，有些滑稽。我穿的是大学网球社的白色速干T恤，刚才和英梨拥抱时是不是像一块柏饼[2]呢，我暗忖道。

定睛一看，英梨的绿T恤背后密密麻麻地印满了字。

“你说这个？这是慈善跑的T恤。金融圈的那群人，每年都会搞慈善马拉松。我拿到录用函之后当过活动志愿者，就领了这件纪念品。超cute对吧！”

那些形似文字的东西清一色是企业标志。除了因人气女星的圈外结婚对象在此任职而出名的外资银行，还能勉强认出几家外资咨询公司和外资保险公司。我知道的公司不多，要是让深谙此道的港区女性[3]来看，想必是叫人疯狂的“全明星阵容”吧。

一圈五公里，能不能活着跑下来呢……之前我还心有担忧，但真跑起来也就顺其自然了。虽然八分钟每

---

① 日本春天的时令点心，用粉色的糯米包裹豆馅，最外层围上一片樱花树叶。

② 日本端午节的时令点心，用白色的糯米包裹豆馅，最外层围上一片槲栎叶。

③ 专指一群活跃在东京都港区的相貌美丽的二十至三十岁女性，她们热衷于交往高收入、高地位的男性，生活光鲜奢华。

公里的配速绝对算得上慢，但我居然不怎么费力地跑完了。跑在我边上的由衣夏看着十分痛苦，而英梨几乎大气都没有喘一下。

“我们公司挺多人玩铁人三项的，最近我被他们带着也开始训练了。[①]”

Triathlon 加上 Training，英梨用大学入学听力考试般标准的发音说道。据说今年四月，她住进了元麻布一套相当宽敞的一居室，从卧室的窗户可以看到东京塔。月租要多少啊，我不禁产生了庸俗的想法。放眼我的周围，包括我自己在内，大家学生时代净去参加聚会了，几乎看不到出国留学、准备托业考试，或是找工作时投外资银行、外资咨询公司的人。所以当听到英梨说“我们公司”，我的大脑完全无法想象这个公司长什么样、干些什么工作、每个月能给多少钱。

“所以你工资能拿多少啊？”

在丸之内一家时髦的墨西哥餐厅，是沼田在一片喧闹声中向英梨抛出了这个我最关心的庸俗问题。沼田今

① 在日语中，“铁人三项”和“训练”两个词都是来自英语的外来语。

天不请自来，想来他身为皇居跑的爱好者，自然不愿错过这次活动。

一行人结束了皇居跑，回到更衣室冲了澡换好衣服，而后来到了帕森斯新人聚会常去的这家墨西哥餐厅。等到每个人的哈特兰德啤酒上齐，我们在栗林的主持下干了杯。即使在更衣室里喝完了一整瓶宝矿力，我的身体仍饥渴不已，此刻正贪婪地汲取着啤酒。待到随手点的墨西哥玉米片和酸橘汁腌鱼上桌，我们就自然地分成几组，与身边的人聊了起来。我坐在最角落，对面是由衣夏，边上是英梨。而占据了英梨对面位子的正是沼田，他一如既往地嘿嘿笑着，丑陋地歪着嘴，从唇间吐出了刚才的问题。

“我做的是后勤管理，还是第一年，应该跟大家都差不多吧。那你是做什么工作的呢？”

英梨优雅地回避了问题，并强行切换了话题，似乎是不愿再做深入。

“我？我跟你一样也是后勤管理，最近受社长之命正在搞一个新项目。”

“哇，好厉害！新项目具体是什么内容？”

“电梯。”

“电梯？”

“嗯，办公室的电梯一到上班高峰期就挤到不行，社长亲自下令让总务部把它解决好。”沼田兴奋地说道，脸上洋溢着自信，而英梨已经听得有些呆滞了。

上班时间的电梯拥挤问题，员工们早已怨声载道。电梯间里总是拥满了人，严重时不等上五分钟都轮不到自己。终于在董事会上，宇治田社长大发雷霆，痛斥总务部无所作为，随即向总务部下达了整改命令。总务部部长可能是希望改变一下这个边缘部门死气沉沉的现状，就好言说这个项目“能给年轻的员工很大的定夺权”“看似不起眼但能与其他公司合作”，将沼田任命为了项目主管。

因此，沼田最近总是和电梯公司的人在白天拥挤的电梯间晃来晃去，满口专业术语故作大声地讨论着，仿佛是在向周围炫耀自己投身的伟大事业。沼田每天的阅读时光也更加丰富了，有次我经过总务部时瞟了一眼他的工位，就看到他饶有兴致地在读一本系统开发的书，书名挺难懂的，也不知道与电梯有没有关系。从近来沼田满面春风的模样来看，他对自己的工作应该相当满意。我想这不是件好事吗，可同期入职的其他人不这么觉得，好多人都揶揄他“最近好像很努力的样子嘛”。

“电梯魔术师”——这是同期的员工们最近给他起的绰号。

原来如此，我总算理解了大家对总务部和沼田那古怪的态度。他们的耳朵虽然听取了“人生不只有工作”这一现代社会发出的朗朗之声，但人的想法可不会这么轻易改变。他们依然没有参透，除了工作做出成绩外人生还有什么快乐。到头来他们仍困在竞技场中，什么也不想干，但总想比别人强一点儿。所以他们从前攀比学历，现在用分配到了哪个部门、又跟了哪位导师等外界的评判标准、所谓的“地位”来定义自己。和同期入职的同事喝酒时，大家互相吹捧“进了这个部门就成功一半了”，接着下一句就是“不过人生可不只有工作啊”，以此逃开那个不努力、没成绩的怠惰的自己。名校出身天资聪颖的他们，练就了一套完美的招数，巧妙地造出一个自己喜欢的自己，然后彼此交换自我满足感。

“魔术师”这个绰号，想必也蕴含着他们非常复杂的情感吧。其中既有“区区总务部的工作，还认真上了”的轻蔑，也有对他因此在公司里受到瞩目的微妙嫉妒。别看他顶了个“社长直属项目主管”的帽子干劲十足的样子，说到底还是总务部的，他的工作不会为公司创造一分钱利益。自然，就算他再怎么努力，也无法成为更有价值的人。“电梯魔术师”也绝对不会挤进新人奖的竞争赛道。对于在公司中原地踏步的他们而言，这个绰号就是他们为守护尊严发出的真切心声吧。

沼田宣称自己只做“不被开除就行的最低限度的工作”，但别说电梯项目这种上司派来的职务命令，他做的其他工作也让总务部的阿姨们十分满意。对于这样的事实我很意外，毕竟我是他那段宣言的现场观众。进公司已经过了三个月，这期间沼田的心境是否发生了什么变化？还是说，在这两种自相矛盾的态度之中，隐藏着沼田某种不为人知的意图？

“我个人还是最推荐三菱电机的电梯。加速如上等香槟喷涌气泡般令人心动，减速如詹姆斯·邦德护送女王般优雅安心……像我这样的行家，一坐就知道。就是闭着眼睛坐也知道。”

沼田完全没注意到同事们的冷眼，还在滔滔不绝地谈论着没人关心的电梯话题。英梨的笑脸已经僵了，花了七百日元点的、原本松松脆脆的玉米片，眼看也已经一点儿一点儿潮了。

*

“下一站滨松町——下一站田町——下一站品川。”

开往五反田站的山手线电车今天也在朝气蓬勃地绕着圈，似乎从不厌倦。上班早高峰过后的车厢空空荡荡，九月依旧浓密的阳光在没有乘客的地面上来回蹦跳。

最近我的心情很好。历经不断试错，我终于形成了自己的工作模式，业绩持续稳定上升。但这也许单纯只是因为“习惯”。电视剧里偶尔会看到这样的剧情，某个角色得到上司秘传的工作心得后业绩飙升，但在现实的职场中，这种机缘寥寥无几。大部分人的成长都朴实无华，就像现在的我一样，不知怎么地就出成绩了，不知怎么地就有信心了，于是能大大方方谈些工作经验，接着不知怎么地就成绩又上去了。总之，在好不容易达成八月的指标之后，九月刚开始我就又拿到了一桩大单（虽说也就三十万上下），来自一家在五反田集中开分店的连锁烤串酒馆。老客户们对我平日里的热情帮助非常满意，订单续约和追加亦是不断。因此我早在月中就基本达成了指标。

“虽然还有很多需要改进的地方，但你确实有进步。就照这个样子继续干。”

某日的批评会上，滨口科长一如既往提出了许多细小的建议，然后竟用她一贯不掺感情的口吻给了我小小的夸奖。“谢谢您。”我故作平静地道了谢，回到工位便一屁股坐在办公椅上，深深陷进公司的黄绿色可爱靠垫里。我强压情绪，但心中静悄悄的喜悦还是汩汩涌了出来。

当天晚上七点多我就下了班，独自前往神田桥的健身房换衣服。不知何时起，我变得对同期员工的聚会敬而远之了。自从不小心觉察到他们的心思，这个聚会就让我浑身难受，感觉自己待在那儿，就会变成他们的共犯。于是，我决定独自去皇居跑步。

东京的夜景叫人眼花缭乱。经过国立近代美术馆，原本车水马龙的单边四车道突然变窄，成为一条被深绿树荫环抱的道路，行人仿佛漫步在高原之上。过了东京广播电台的大楼，是一段平缓的下坡。最高法院、宪政纪念馆，一栋栋建筑如同沉睡在树丛暗处的鲸鱼。我遥望着那些庞然大物沿着护城河向前跑，视野一下子开阔起来，丸之内的建筑群在金色光粒的点缀下显出了身形。

跑步时，我是孤独的。刚开始跑时我还会想些工作上的事，但跑了一阵后，我的思绪也自然而然地转向内心。像这样享受独自思考的时间，上一次已经是好久之前了。

最后，我会再走上一段，让身体平复下来，回到作为起点的竹桥广场。一栋栋摩天大楼间，帕森斯的总部大楼在远处若隐若现，兼职事业部所在的八层还有灯亮着。想必滨口科长还在办公室里埋头工作吧。像她这样对下属的工作态度严加要求的人，对自己又何尝不是更加苛刻呢？为了规避加班时间的限制，她经常在周末工作，传闻新年假期她也会义务加班。

至于我为什么会被这样的滨口科长深深吸引，我已经找到了一个能自我说服的答案。她，在某种意义上，没有把我看成一个人。她甚至没把自己看成一个人。在滨口科长的观念中，对于公司而言，人就是一颗小小的零件，只为创造营业额而存在。所以，她既不会用讨好的声音与下属打好关系，也不会偶尔拉人去喝酒，这些别有所图的交流对她来说都是无用的。上司的工作就是监督指导下属，让他们创造尽可能多的营业额；下属的工作就是照上司说的做，尽可能达成更高的业绩。如果难以适应这样纯粹的关系，要不换到其他部门，要不就换工作。所以，她能够如此坦然、严厉地指导我们这群下属，如果发挥不出该有的价值，就会毫不客气地大骂一通。相反，如果像我上个月这样做出成绩，她也会不吝夸奖。她的做法虽然笨拙，但的确包含着对下属的爱，似乎就是这种做法与我合上了拍。我想这一定不是逻辑可以解释的，而是与生俱来的心性使然。这样简单纯粹而又极度公平的关系，给了我发自心底的满足。

这么一想，我好像从前就是这样。KY[①] 这个词早已无人使用了，但在我长大的那个年代，“空气”无疑是一大关键词。阅读空气，明白什么场合该说什么、该做什么——不知何时起，世间的规范成了一本无形的共享手册，我们只得照做。相反讽刺的是，不谙此道的孩子，则会像空气一样透明不见。这也是一场等价交换“正确”行为的游戏。给予对方他想要的东西、想要

① 日本网络流行词，直译为“不会阅读空气”，指没眼力见、不会按照当时的气氛做出合适的反应。

的分量，给多了给少了都是“不会阅读空气”。它绝非心与心的碰触，只是认准了时间、地点、场合，端出一副笑脸，简单地重复交换着符合规范的行为举止。如今KY已然沦为传统糟粕，但在学生时代，不知为何，我竟然乐在其中。相反，在与人变得亲密的那一刻，对方如同打开了密室的门一般突然展现出的鲜活情感和欲望，更让我感到苦恼。

滨口科长不是这样。我与她之间的关系枯燥无味，只存在利益的相互提供。你无法从她的言行中期待任何人类的情感，或是超越利害的喜爱之情——就是这让我舒适无比。

就在这种关系中，我此生第一次找到了自己的安全区。在这里，我能毫无顾忌地觍着脸讨要自己应得的报酬，能彻底地松弛下来。在大手町这栋冰冷的玻璃大楼里，我终于从长久缺氧的痛苦中解放了出来。

但是，与此同时我也意识到，这样的关系并不被一般人所接受。我们部门有个长我一岁、姓中川的男前辈。自从今年春天开始接受滨口科长的严厉指导，他每天下班都铁青着脸，看样子与她水火难容。

“中川因为一些个人原因，请了一周的假。他的那部分工作我会另作分配，请大家协助。”

突然有一天，中川没来上班，晨会上滨口科长冷冰冰地说明了情况。业绩指标相比上任科长拔高了一大截，达不成还要每天接受科长的“指导”，大家眼睁睁看着他的精神被摧残殆尽。他起初还是因为“想在帕森斯改变懦弱的性格，让自己不再逃避”，才提出希望被分配到兼职事业部的。然而，他没能改变懦弱的自己，恐怕就要这样倒地不起了。我的脑海中浮现出中川那张白白净净、着实有些怯懦的脸。我虽然喜欢滨口科长理所当然追求“价值”的做法，但遗憾的是，连我自己都有点意识到，她的做法已不属于这个时代。

或许是与滨口科长的关系成了一种标准，我开始残忍地察觉到其他任何关系中的缺陷与不足。不知不觉间，我思考起与由衣夏、与母亲的关系。

*

哈喽，要不要一起去英梨的皇居跑？哈哈。

夏天的余韵被彻底抹去，窗外是十月阴沉沉的天空。这个“哈哈”到底是什么意思？周末，我瘫在家里二楼卧室的床上，思考着这个问题。像这样带着某种讨好的交流方式，由衣夏有时会对不太熟的同事使用，但至少从来没对我用过。这么说来，最近完全没跟由衣夏联系。与由衣夏的交流向来由我这方发起，要是我疏于联络，两人自然就没了交流。经过这几个月，我是不是变成由衣夏“不太熟的同事”之一了？还是说，对于由衣夏而言，打一开始我就不属于“关系特好的同事”？

事情的起因，是英梨在帕森斯同期员工 LINE 群里发的消息。

> 好久不见！大家还在坚持皇居跑吗？哈哈。上次玩得很开心，我跟戈登的同事组了个皇居跑小组，大家要不要一起来？

我的第一反应是，她怎么还在 LINE 群里啊。我很震惊自己对英梨居然抱着这样排斥的感情，于是没作回复。而对由衣夏的消息，我花了将近一分钟，反复写了又删，最终回了一句“你去我就去！”，仿佛一切如常——没用表情，当然也没用“哈哈”。这几个字符有种两人很亲近的感觉，发送成功后，突然一阵疲惫袭来，我把手机扔在一旁，沉沉睡去，放弃了思考。

英梨组织的皇居跑在两周后举行。同上次一样，星期三晚上七点，我们从竹桥出发，广场上依旧摆满了围栏。也许因为是两家公司一起参与，许多人搞不清楚状况，帕森斯来的人比上次更少了，只有我、由衣夏、栗林以及不知为何掺和进来的沼田这四个人。戈登那边说是很多人忙业务，包括英梨在内只来了三个人。真是个袖珍的聚会。

有意思的是英梨拉来的同期入职的一对男女，他们的外貌像到让人怀疑是双胞胎。虽然存在男女身高差，但两人都很高，皮肤由内而外散发着光泽，浓眉下方双眼皮形成的阴影里，一种绝对的自信清晰可见。运动服包裹着他们模特般的身材，每一寸都毫不吝惜地释放出坚定不移的信心，相信自己在任何场合都不会丢人。

虽然参加者的属性变了，但路线是既定的，这天我也像往常一样，以接近八分钟每公里的配速轻快地跑完全程。栗林貌似刚开始冲得太猛，到樱田门时已经累得双手叉腰在走了，我一下就超过了他。外资银行的“双胞胎”从开跑起背影就越拉越远，跑到千鸟渊时已经完全看不见了。等我抵达终点时，两人已经在一边做放松拉伸一边说笑，那个画面好似印在公司宣传册上的照片，配文是“下班后与同事度过充实的时光”。他们笑时一定会露齿，也许是因为人行道清冷的灯光，那玉米粒般等间距整齐排列的牙齿，光亮得与四周仿佛不在一个图层。

“所以你们工资能拿多少啊？”

听到沼田又一次缺乏情商的发问，我差点把酒喷出来。我们来到了神田站西口的一家烤肉小馆，之前公司的年轻人经常在这里聚会。沼田自顾自点了一大盆生茼蒿沙拉，像山羊一样大口咀嚼着。纠葛满布的人生中，只有这个男人保持着完全的自由，进入帕森斯前后似乎没有发生任何变化。

“……这才第一年，应该大家都差不多吧。那你是做什么工作的呢？”

双胞胎的哥哥利索地回答道，答法与英梨上次一模一样。外资银行界是配备了统一的问答手册，帮员工蒙混过这种无聊的问题吗？

“我吗？我最近在负责一个设备相关的新项目，已经快结束了。”

设备相关的新项目。同样的话要看怎么说——沼田的说法越发精到了，但更让我在意的是“已经快结束了”这句。

“哇哦！新项目吗，给我们讲讲吧！”

于是沼田一副“就等你这句”的表情，兴致勃勃地讲起了他的电梯论。曾经让英梨呆若木鸡的话题，没想到竟让双胞胎的哥哥听得两眼放光。

“好厉害！真的，我太受触动了。你这种灵活的处理方法，简直就是现代项目管理的成功案例啊。你平时一定读了很多相关的书吧？”

“哦哟，有懂行的人嘛！你说对了，说到项目管理，现在走在最前面的就是系统开发领域，所以就算是处理电梯问题，也要读工程师读的那些书。可是在旁人看来，你不就是在看闲书、混日子嘛！无知是罪啊，真是的！”

两人齐声大笑。我第一次见到与沼田对上频道的人。电梯这种项目，说到底不会给公司带来一分钱的直接利益，“社长命令”听上去唬人，其实就是社长突发奇想，随随便便提出的项目——同期入职的员工们一直这样告诉自己，所以今天的这幅光景着实令我意外。

“对了，我有个一直想问的事情，听说日系企业没有慈善活动，是真的吗？”

双胞胎的哥哥还在和沼田热火朝天地聊着，这时双胞胎的妹妹向坐在身边的我搭话了。桌子上铺着好看的蓝白格子桌布，她的手悬在上方转着红酒杯，仿佛电视上品鉴红酒的艺人。如此大叔气的动作，由一个留着黑长发、画着淡妆、眉眼分明的女子来做，给人一种不适的熟练感。

“慈善？”

“比方说，我给儿童福利院提供过助学服务，去多摩参加过植树，然后前段时间还去清扫了小笠原的海滩，为了保护海龟的产卵环境。”

“……这些，公司会发钱吗？”

“怎么可能！慈善当然是无偿的，相反我还要捐钱呢，虽然不多。”

妹妹有个老派的名字，叫春子。据她所说，她们公司运营了无数个慈善项目，员工可以从中选择感兴趣的，在周末自发参加。为了照顾我这个乡巴佬，春子还很贴心地解释说："当然，参加慈善活动与否不会影响员工评价。"

"因为我一直希望做个对社会有贡献的人，所以能加入一个热衷慈善的组织，我感到很自豪。"

春子滔滔不绝地说着，如同公司官网的企业社会责任页面里的介绍词，那双眼睛里充满正直感。我意识到她对慈善的热爱绝不是为了赶时髦或是现实利益，而是发自本心。她在人生的某一刻，找到了"贡献社会"这个人生目标，并以此为准选择了公司，实际参与到慈善活动中。当她把英梨同款的慈善跑 T 恤当作居家服，偶然间看到洗脸台镜中的 T 恤和自己的脸，一定会露出心满意足的笑容吧。

"咦，你是真心这么想的吗？"

把我脑海中的美好想象无情击碎的，是栗林。

"为什么这么问？当然是真心的，我下周还要去小笠原呢。"

"可外资银行不是竞争超恐怖的吗？工作之余，还有精力搞这种面子工程一样的爱好？"

栗林虽然话中带刺，但他绝对不是想跟人吵架。我想栗林应该真的很困惑吧。毕竟他向往着旧日的不良少年文化，难免会觉得外资银行也像曾经的帕森斯一样，是个激烈的竞技场。所以他本将春子视作对手，同时也对她抱有亲近感，现实却令他扫兴。

“这个嘛，肯定比其他行业忙，内部竞争也很激烈，但我们工作不只是为了在竞争中取胜吧。毕竟人生不只有工作，工作也不只有竞争吧？要活出灿烂的人生，在工作中就要重视竞争以外的价值。所以我既会努力工作，也会努力做慈善。当然，我也想找些慈善之外的兴趣爱好，所以最近尝试了冲浪，还想考个潜水证。”

想必她在平时就认定了自己的人生哲学，每天反复警醒自己，以免因迷上什么而不小心偏离轨道。春子精彩的即兴演说没有一丝卡顿。栗林似乎还不知该如何理解这番话，却折服于她异常强大的说服力，似是理解地频频点头，然后陷入了沉默。

双胞胎的哥哥和沼田仍聊得火热，好像完全听不到这边奇妙的交锋。话题换了又换，他们现在聊起了近期初创企业的融资环境。哥哥好像打算在近几年内创业，作为副业，他周末会去大学朋友的初创公司帮忙。

“……你看，比方说修平，他之前是东大高尔夫球社的，现在基本每周都会去打上一轮，每年新年假期还会和家人去北海道的二世古滑雪，待上一周左右！明明工作忙得要死，真是精力无限的超人啊。”

或许是想缓解栗林造成的尴尬气氛，坐在对面的英梨突然夸起修平，语气活泼得有些刻意。修平就是双胞胎的哥哥，英梨的介绍夹杂了许多我没太听过的词，在我粗浅的理解中，他应该在类似投资部的地方工作。

“虽然我现在做的是 Ops①，但 FICC② 销售的人也邀请我了，要不我两边都干？”

英梨微笑着，念出一串二郎系拉面点餐黑话般的咒语③。对于她而言，修平是偶像般的存在，他身上彰显着她未来进入 FICC 销售部门也会拥有的价值。

一圈一圈又一圈，不知是不是受春子感染，英梨和修平都转起了红酒杯，里面是为了配餐厅招牌的腹肉牛

---

① 指操作员的工作。

② 即固定收益证券、外汇和大宗商品业务。

③ 二郎系拉面是日本拉面的独特流派，特点是面条较硬、汤底浓厚，配有大块叉烧肉和大量豆芽、圆白菜。二郎系拉面的忠实顾客有一套点餐用的黑话，将拉面的分量、浇头多少等个人偏好融合成一句简短的话告知店家，外人听来难以理解。

排而选的浓郁型的红酒。

我明白了，他们与我们从根本上就是两类人。他们也许已明确地认识到自己的人生还存在工作之外的目标，或者正在积极寻找。也许他们自幼不懈思索，如今早已知晓获得满足的方法，即使答案尚不明确，也会逐一尝试他人认可的事情。他们的体内充满了迈向生活的坚韧意志，以及为实现意志而无限涌现的精力。

上厕所时我用手机搜了一下，我们和他们的年收入原本就有相当大的差距，这个差距会逐年增大，随着升职将没有止境。相应地，他们的工作量也超乎常人想象，周末却还能跟没事人似的做慈善、冲浪、滑雪。“要是没事情干我才难受呢。”春子说。该说是发动机还是操作系统的区别呢，我们身为人类的构造从一开始就是不一样的。

“人生可不只有工作啊。”

喝着廉价酒水，最多吐槽一下公司氛围和经理，除此之外没有任何人生选项，也不愿意花力气寻找——我们这群二〇一九年入职帕森斯的人口中的这句话，在他们面前竟显得没有半点重量。

我久违地想和由衣夏说说话。这本是我今天参加皇居跑的目的，而当事人却和英梨、春子聊得正欢。她热情地听两人聊着工作，频频点头。另一边，修平和沼田的初创企业话题依旧如火如荼地进行着。我和栗林哪边都插不上嘴，只能暧昧地左看看右看看，视气氛偶尔赔笑，试图让自己尽量待得舒服些。

"不过话说回来，沼田你的知识量真丰富啊！你莫非对创业感兴趣？"

修平看着兴致颇高，为沼田的空杯子倒上红酒。不知是不是因为被人夸了心情很好，认为自己也值得加入"对面一方"，沼田这时也转起了手中的酒杯。

"不，我对赚大钱，晋升成功人士入住西麻布没有兴趣，所以也没有特别的创业打算。大学时我抱着玩玩的心态，进了一个精英商赛社团，只是对那时接触的东西比较了解而已。"

"啊！商赛社团，我们大学也有。说来抱歉，我不是特别喜欢那种。不，不是说你不好。我只是跟那群人不对付。这种社团里不是经常有那种人吗——嘴上说着有朝一日要创业，高高在上地评价他人的努力，最终也没见他创业，心安理得地当了工薪族。你所在的社团，最后有人创业吗？”

“……有一个人。不过据说在做一项上不了台面、几乎算是诈骗的生意。那个家伙打一开始就没有商业头脑，可能也没别的办法吧。”

那一瞬间，沼田向来俯视众人般从容的微笑似乎蒙上了一丝阴霾。我丝毫没有头绪，那究竟是种怎样的情感，背后又有怎样的因果？

我喝了相当多平时不喝的红酒，乘新宿线回家时，大脑始终轻飘飘的。然而，随着电车越来越接近本八幡，这片刻的放松又逐渐回归了平日的严肃。我看了一眼手表，晚上十点五十四分，一个微妙的时间。说微妙，是因为母亲很可能还没有睡。

两年前的秋天，父亲定下来要驻纽约工作。夫妻俩商量之后，母亲决定留在日本。她大概是考虑到女儿面临求职和之后的职场生活，一定会有许多焦虑，所以强烈地希望自己能给女儿支持吧。母亲每天都会为我准备营养均衡的饭菜，我不在家的时候，她就打扫客厅、浴室。玄关柜子上的花瓶里，总是插着当季的美丽鲜花。如此完美无瑕的家，我一个醉汉，怎么能心安理得地回去呢？

因此我给自己预备了几条退路。第一条就是不回家。上大学时，我在高田马场的小酒馆结束聚会后，会跑到朋友家里——她是从外地来的，一个人住在下落合——通宵喝到天亮。第二天早上，我就乘上电车，灌下一大瓶宝矿力醒酒，然后无事发生般地回家。大学时这样做尚能说得过去，但工作后就不太合适了。另一条退路，就是在母亲睡下后回家。母亲收拾完晚餐后，会立刻去洗澡，然后看看电视看看书，在十一点前睡觉。如果在十点半这种母亲将睡未睡的时候回去，她就会一直醒着，直到我洗完澡，道了“晚安”，再回到二楼的卧室。母亲这样的行为会让我陷入深深的内疚中，所以每当碰上母亲还未睡下的时间，我就会去车站前营业到十一点半的 Gusto 点杯咖啡，磨蹭到母亲肯定睡了，再悄悄地将钥匙插入房门。打开门的瞬间，看到玄关的电灯如死去般熄灭，门缝间只流泻出冰冷的空气，我就会感到一种带着内疚的怪异安心感。

到达本八幡站时已经过了十一点。慢慢走回去的话，到家就十一点半了。应该没问题吧。我在车站外的便利店买了醒酒的热咖啡，边走边喝。这样的日子，究竟还要持续到何时呢？一个人住的念头，最近时不时浮现在脑中，无聊的时候我还看了一些门前仲町的租房信息，许多同事为了方便去大手町上班，都住在那一片。以帕森斯的工资，只要别太苛求面积，租一套新建的离车站近的屋子不是什么难事。虽然需要费心家务，但我对饮食也不讲究，随便煮点蔬菜汤就行。至于洗衣服，听由衣夏说狠狠心买个洗烘一体的滚筒洗衣机，能省不少事。打扫浴室只要周末花点时间就行，也不必买鲜花装点房间，就这么简简单单过日子。剩下就是押金和酬谢金[①]等初期费用，只要年末冬季奖金到手，应该就够了。不过冷静想想，住在东京近郊的自己的家里，坐电车通勤也就一小时不到，有个不要你补贴家用的母亲会为你操心所有的事情，还有必要特意花大价钱出去一个人住吗？但或许这不是合理与否的问题。如果不依靠强大的意志让离家独立的日子更近一些，恐怕那长久折磨我的非致死性的温柔窒息感，将会永远萦绕在我的周围吧。

---

① 在日本租房时，租客需要向房东支付一笔费用表达感谢，通常相当于一至两个月的租金。

到家时，临街小窗的窗帘缝里透出了一丝温暖的光。母亲还没睡。说起来我今天本打算给她发消息，说我会晚归，让她先睡，但不知怎的大拇指沉重无比，最终也没能按下发送键。她是牵挂着没有音讯的我，特意撑着没睡吗？

接下来该怎么办——是走进家门，一脸愧疚地向母亲道歉？还是一直站在这里，等到她关灯？充满温馨的家就在眼前，如此深夜，我又在烦恼些什么呢？手中的咖啡被秋夜里回荡在住宅区空无一人街道上的空气夺走了热量，已经变得温暾，让我想下一秒就撒开手。

*

第二周的早上，一封邮件让公司热闹了起来。

敬请配合！十月二十一日起，将进行电梯使用新规测试

这是一封来自总务部部长的邮件，文末郑重地写着“负责人：沼田”。

上周，宣传部的同事将一篇题为《专访“电梯魔术师”！缓解拥挤，如何实现？（前篇）》的报道登在了公司内刊上，一时间沼田的名字传遍了整个公司。报道中写明了缓解电梯拥挤项目的由来，还附上了一张沼田制作的复杂分析表，至于最关键的解决方案则只写了一句“下周发布！敬请期待”。几个月以来，沼田大张旗鼓地在电梯间做了那么多魔术师般的行为，他的魔术到底会有怎样的惊喜？大家带着轻松的心情把目光投向沼田，就像在关注一场与自己的生活无关的国家队比赛。

一周过后，当这份电梯使用新规发布，公司里又出现了另一种热闹。这次的热闹，是看到沼田没能回应大家隐约的期待之后出于失望的嘲笑。大家想象的是既方便又酷炫的解决方案，例如在电梯口的闸机上装一块小小的液晶显示屏，拿卡刷一下机器，屏幕上就会显示“请您乘坐这部电梯”。缓解电梯拥挤这种着实低端的项目，至少解决办法要足够华丽吧？

实际的解决办法却过于质朴，仅仅是在电梯的部分楼层按钮上贴一个“×”而已。让一部电梯停靠一至十层的偶数楼层，另一部停靠十一层以上的奇数楼层，竟然不是通过改革电梯控制系统，而只是给按钮贴上廉价的贴纸，这种做法怎么看都过于传统了。“自己公司的大楼，每天那么多客人过来，用贴纸也太丢人了！”“说什么魔术师，不就是个被分到总务部的废物吗？”大家都嘲笑沼田，似乎自己能由此获得安慰。

但是，嘲笑声很快就停了。也不知是什么魔法，这个成本不过几百日元的措施，竟然将早晨电梯拥挤的问题简简单单地解决了。社长本人似乎也很中意这个开玩笑般的办法。据说社长先是坐上电梯见到实物的贴纸，捧腹大笑；然后看到小小的贴纸居然有这等奇效，又是捧腹大笑；最后还亲自给沼田写了封邮件给予盛赞。我回想起英梨组织皇居跑的那天，那个外资银行的男人对沼田赞不绝口、两人意气相投的样子。有没有可能沼田其实是很顶尖的业务行家，只是愚蠢的我们没有发觉？沼田会不会借着这次电梯的功劳，一举夺得新人奖？要是真发生这样的事，大家会是怎样一副表情呢？

在沼田掀起电梯热潮的同时，我听到公司里许多人议论，由衣夏最近经常请假。由衣夏与我们科的中川不同，是个很活泼的人，想来也不会有什么心理上的问题。只见她要不就是把带薪假都用掉一口气休息一整周，要不就是某天下午突然请半天假。帕森斯毕竟是人才企业，所有人都知道这意味着什么——她要跳槽了。

努力追求更好的人生，绝不是一件可耻的事，相反非常了不起。不过由衣夏这种行为，在同期员工间激起了一阵小小的涟漪。

“最近她自己也说经常跟英梨一起玩，不会就是想讨好她，拿到戈登的内推吧？”“不是吧——她说自己托业只有六百分[①]，这种外资银行基本没戏。”“是不是太眼高手低了？”

在我偶尔参加的同期员工聚会上也没有由衣夏的身影，她之前几乎是全勤的。大家趁由衣夏不在，纷纷对她的挑战发表刻薄的评论，一派其乐融融的景象。

事实上，没有一个人清楚由衣夏到底是不是准备跳槽。但如果真是这样，我之前就看见过苗头。与戈登三人组一起皇居跑的那天，由衣夏和英梨聊得格外起劲，那对双胞胎的话她也认真听了。不过，由衣夏的信条一直是“人生不只有工作”，这样的她要跳槽到以业务繁忙著称的戈登，我如何也想不出理由。

---

① 托业考试的总分为 990 分，由衣夏的成绩仅达到 C 等。

不论动机如何，由衣夏正在努力充实自己工作内外的生活，反观如此懒惰的他们，良心有没有受到谴责呢？他们看似从容淡定地嘲讽着由衣夏，其实只是在保护自己的自尊心。反正由衣夏肯定会跳槽失败，而我们则有清醒的自我认知，懂得如何享受人生——想必他们已经给自己的心打下了一剂新的预防针。

然后最糟糕的事情发生了：他们卑鄙的愿望成真了。

我十一月末要从帕森斯毕业，加入老家的地方振兴企业啦！

由衣夏在同期员工 LINE 群里发了很长一段话。据她所说，她一直希望有天能回老家富山工作，为家乡做出贡献。然后，有家富山的公司正好能满足她的愿望，她就决定加入，把当地特产鱼糕的魅力传到东京、传到全世界。由衣夏想回老家工作的事，当然谁都没听说过。因此同事之间都在传，是她拿到了戈登的内推，但没有通过面试。

活该。对帕森斯过河拆桥，最后戈登也没能进去，这下里外不是人，只能顺势辞职了吧。可是这种丑事怎么说得出口，她就只好拿平时擅长的“人生不只有工作”这套说辞，说自己找到了工作之外的理想。结果就是卖老家的鱼糕这种跟街边超市卖的便宜货味道没差的土特产，还要贴上可爱的标签放到网上卖，还得做自媒体，去采访一个个看着不太靠谱的鱼糕老板，给人一种“自己在好好努力着”的感觉……

这些传闻不知道有几分真实，但真也好假也罢，我们已经在Facebook之类的地方，看过太多这样渴望上进的同龄人“一步错步步错”的故事了。

我在研讨课的同学里也有这样一个人。她通过校招进入一家大银行，过了半年就辞职回了老家九州。她对外宣称开始做自由撰稿人了，在博客上写一些展现家乡魅力的文章，还接受了某个不知名网络媒体的采访，眉飞色舞地说“这是我自己一直想做的工作”“每天都很充实”。但从同学那儿听到的消息则是，她单纯是因为无法融入大银行独特的企业氛围才很快辞了职，第二份工作也没找到好公司，结果灰溜溜地回了老家，但又不愿意去当地的穷公司，就选择了这个吸睛的职业。说是吸睛的职业，也就是用那种闪闪发光的感觉把人吸引来，迷惑他们，实际上基本赚不到什么钱。

虽然不想把话说得这么难听，但由衣夏也即将成为“失败者”的一员了。做出这样荒唐的决定，她到底是怎么想的？

*

收到由衣夏消息的第二天，我照常晚上七点多做完了工作。我确认了一下黑色珑骧托特包里的跑步装备，从兼职事业部所在的八层坐电梯下楼。

六层、五层、四层、三层……奇数楼层的按钮上依旧贴着“沼田贴纸”。三菱电机的电梯突然如詹姆斯·邦德护送女王般优雅地降下了速度，停在二层。这个楼层聚集了公司的后勤部门，开门走进电梯的，是沼田。他身上依旧是那套求职用的黑西装，背着一个小学生去秋游般的黄色双肩包。“你好。”他简短地打了招呼，再没有更多友好的寒暄，只是挂着浅浅的笑低头看着地上，一副若有所思的表情。

“今天也去皇居跑吗？”

电梯很快到了一层，我下了电梯，通过闸机时特意问沼田。他的左手攥着一个阿迪达斯的袋子，里面塞得满满当当。我看到沼田脸上的神情，明显变得开心起来。

因为强行迁就对方的速度很愚蠢，我们约定就按各自的节奏跑。我们从相同的地点出发，但沼田一下子就把我甩得远远的了。我一如既往按着平时的节奏跑，跑完一圈回到出发地时，自然没有见到沼田。最近我可以稍微提速了，也许可以考虑再增加一圈。跑到一半要是累了，停下来，慢悠悠走回来就行。皇居跑不是马拉松，也不用跟人比赛。只有自己一个人，随心所欲，按自己的节奏，能跑多少就跑多少。

回到更衣室洗完澡，我看了眼手机，沼田发来了LINE。是一个Tabelog的链接，和一句“我在这儿喝”，至于如何理解全权交给对方。不愧是沼田。我回复了“马上来”，简单化了妆，前往这家神田站附近的店。

“欢迎光临——”

这不是家适合约会的小资餐厅。啤酒中杯三百九十日元，下酒菜是煮碎鱼，服务员是来自世界各地的年轻人，是一家能让人放松下来的小店。沼田坐在紧挨厨房的嘈杂位子，一个人喝着啤酒。

“你的爱没有传达到啊。”沼田开口道，面上依旧咧嘴笑着。

我回问“什么意思”，他答“我说由衣夏呀”。我毫无戒备的心如同突然被丢进寒天里，一下子缩紧了。沼田似乎看破了我体内泛起的细小伤痛，此刻正饶有兴致地观察着我僵硬的表情。

爱。沼田用这个异常夸张的词，不知是不是在挑衅我。但是他说对了。长久以来我献给由衣夏的体贴、照顾，这一切都没有传达到，跳槽的事她甚至没和我聊起过，也没告诉我结果。我除她之外就没有关系好的同事了，她却有无数个男男女女的朋友。但她似乎对“朋友”的概念并不上心，即使在聚会上与旁边的人畅谈个把小时，也并不会与他们建立特别深厚的关系。栗林还有我算是极少数的例外，向来也都是我们向她提出邀请的。

"电梯的事情，大家都在讨论呢。新人奖有希望了吧？"

我不愿再深入思考由衣夏的事，于是随便找了个问题抛给沼田。

"电梯啊——"

沼田的喋喋不休只出现在谈论自己的时候，这次我又领教了一番。

"上周，社长亲自邀请我去经营企划室。那是社长的直属部队嘛，估计是要我去制订中期经营计划吧？"

传说中的经营企划室，让沼田去？但毕竟他进公司的第一年，就超额完成了社长亲自下达的任务，也不是不能理解。要是那些瞧不起沼田的同事听到了，一定会目瞪口呆吧。

只是，经营企划室是公司数一数二繁忙的部门，来自上级的压力也很大，听说至今已有好几个精英员工"被压垮了"。这个部门是整个公司的立身之本，因此近来工作方式改革[①]的风也没能吹进那里，罪恶的旧制度依然盛行。接受这个岗位调动，需要相当大的觉悟吧。

"所以，你真要去经营企划室？"

---

① 指企业为改善工作环境、提升工作效率而实行的各项举措，包括纠正超时工作问题、推广灵活工作方式、鼓励起用多样化人才等等。

“没，我拒绝了。我可是为了待在总务部才进这家公司的啊。这次的电梯也是，谁让总务部部长一再恳求，我没办法才接了下来。电梯拥挤在设备管理领域已经是非常经典的课题了，随手一查就有一堆过去的案例，所以我一开始就知道只要贴张贴纸就能解决。但我意识到这是个好机会，能光明正大地摸鱼，还给人一种在工作的感觉。于是我就跟电梯公司的人戴上头盔，商量这个那个，看看项目管理的书，装作我一直在认真研究。”

这是一段多么重量级的坦白啊。沼田从双肩包中取出一本薄薄的杂志递给我，封面印着大大的《月刊 企业总务》，右侧用小字写着“二〇一一年七月号”。看来是一本给总务部人看的极其小众的行业杂志。我翻开贴着蓝色便签的一页，里面有一则短讯，正如沼田所言，记载了一个解决电梯拥挤问题的案例，而解决方法与沼田如出一辙，案例的发生地还是帕森斯的竞争对手位于赤坂的总部大楼。

我猛地抬起头，看向沼田。他仍旧咧嘴笑着。总务部下午优雅的阅读时光——我可以把这次成功善意地解释为平日收集信息的成果，但眼前这个男人毫不掩饰的放肆言论，属实令我惊得说不出话。“我想被分到总务部之类的地方，做点最低限度的工作别被开除就行，每天准点下班，然后去皇居跑步。”我想起了他进公司第一天说的话。可是，如果这样的话……

“你到底想要做什么呢？你多多少少做出了些成绩，大家都夸你厉害……实际上，你也有在享受工作吧？”

沼田的表情有点顿住了，但下一秒又找回了平时的从容。

“是啊，我在做什么呢——”

沼田抬头望向虚空，如同在演戏一般。

“……说实话，你刚刚说的有很小一部分是对的。但是，再仔细想想，我还是打心底里觉得新人奖这种东西，谁拿都一样。要是能谢绝领奖的话，我肯定会这么做！被他人的评价牵着鼻子走，是世界上最愚蠢的事情。‘听说那个人谢绝了新人奖’‘听说他其实有真本事’，这种话听听也罢，或许我真正的理想，就是什么都不干，优哉游哉地活着。”

“什么意思？所以你到底是想被人期待，还是不想被期待？如果你是怕辜负我们的期待，我想没这个必要。以你的能力，新人奖肯定不在话下，经营企划室的工作也能得心应手的。”

我只是想坦率地说出自己的想法，沼田的脸上却流露出一股带着不悦的羞涩，仿佛我触及了他不愿被触及的地方。虽然这种感觉很快被他掩盖过去，但这次他花了好些时间，才找回了往常的笑脸。

“……对人抱有期待这种事，可别轻易说出口啊。这样期待自己、期待别人，到最后的最后要是落了空，不是难看得要死吗？与其变成那样，还不如什么都不做来得值当。”

沼田强行戴上他笑容灿烂的面具，这般断言道。接着他拿起手边的啤酒杯，把杯中跑了气的啤酒一饮而尽，对服务员说“结账”。

“不过嘛，我心里还是有点过意不去。我和宇治田社长曾经有些缘分，虽然不是什么大事，但这么拒绝他总归不太好。”

我们用精确到个位数的 AA 制凑了钱，沼田将四千日元递给服务员，最后颇有感慨地轻声说道。

“你的爱没有传达到啊。”

回家的电车上，我反复咀嚼着与沼田的对话。

每个人的心形状各异，但从外面看来都大差不差，这样的我们被套上朋友或是同学、同事这样模糊的概念，彼此建立联系，自以为是地期待两人的心会是相同的形状。

那么我的心究竟是什么形状呢？我仍在烦恼给予由衣夏的爱有些还未收到回报，可她早已抛下了我朝其他方向奔去，而我只能带着怨气眼睁睁看着。

如果是母亲，一定不会这么想吧。想必她的心中，不存在一丝对给予与回报的执念。再反过来想想，我就会对由衣夏产生一种复杂的情绪。当她心安理得地接受他人的给予，她的心中，想必也不存在一丝罪恶感。

她们虽然就在我的身边，但要理解她们却绝不容易。但是，我已经不愿再找借口停滞不前了。尤其是这两个困扰我的关系中，有一个已经响起了终结的倒计时。至少这段关系，要由我亲手解决掉，若是不这样做，它会给我的心留下一生无法愈合的伤痕。

什么时候回富山？以后就难见面了。猜你搬家什么的应该很忙，如果有空的话，最后去喝个茶吧？

像这样简短的消息，我已经不需要像从前那样长时间斟酌了。打开 Tabelog，我毫不犹豫地选了一家赤坂的下午茶餐厅，把链接发了过去。

*

在我们约定的下午三点，由衣夏发来消息说要迟到五分钟。这家店好像很在意时间，系着可爱围裙的服务员问我“您还有朋友要来吗”，不可爱的催促让我有点不适。

“抱——歉！来晚了。”

由衣夏完全没意识到这种气氛，还是用一如既往，不，比以往更活泼的姿态登场了。看到她，我的负面情绪也瞬间烟消云散。就因为她的这种性格，我想自己无论如何，还是会喜欢上她。

平平淡淡的话题平平淡淡地从我们口中滑过。餐厅的大窗外，是周围商住楼冰冷的正面与背面。十一月即将过去，冬日的太阳一点点西沉。

“由衣夏你——”

与某次的奶油培根意面一样，今天我们也点了相同的伯爵红茶。我喝着茶，静静向由衣夏开口道。

“为什么想换工作？还以为你在帕森斯过得很开心呢。”

要避免出现主语“我”。别让我的心，因为这个今后可能再也见不到的人，承受无法愈合的伤痛。昨晚，我甚至在浴缸里做了彩排，巧妙地选择了措辞。

“嗯——”

由衣夏将她小巧的右手抵在小巧的下巴上，俏皮地转动着眼珠。这完全是她下意识的举动，没有任何算计，可就是这个举动，驱动了许许多多的人吧。

“我也不是对帕森斯有什么不满，就是之前考虑换工作的时候正好有人来邀请我。我要跳槽的那家初创公司，是老家的朋友创立的，她非常想要我去。我有大企业的工作经验，上大学时参加过深谷葱小姐选美，也接触过类似宣传当地魅力的工作，朋友对此都非常认可。工资当然会低一些，但我喜欢我的家乡，而且更重要的是，比起在大公司当一枚小小的齿轮，我更希望以自己的名义工作，获得认可。我的想法就这么简单。”

“那为什么还面试了戈登？”

面对我连珠炮似的提问，她丝毫没有畏缩，毅然回答道：

“大家在传的是真的，我确实面试了戈登但没被录用。这跟地方振兴企业又完全是两条路子。我上学时也留过学，本来就对国际化的工作感兴趣，虽然在帕森斯跑了一段时间业务，完全忘记了初心，但后来再见到英梨，听她讲了她的工作，我心里又燃起了火苗……等下，你不会是在指责我吧？”

我从没见由衣夏说话这么快过，她像是在掩饰什么，却什么也没掩饰住。地方振兴企业和外资银行，她想在这两家公司做的事情毫无关联，选择的动机也太过随性了。

随性——或许这就是由衣夏的本质。但凡有比现在好一点儿的地方，她都会毫不犹豫地选择。她所追求的，是一个自己被强烈需要、被强烈关爱的地方。她要去那里接收爱的本身，至于这份爱来自谁，无关紧要。所以，她能够轻而易举地舍弃自己与身边人建立的关系。或许从一开始，她对于帕森斯的这群人，就不曾抱有什么特别的兴趣或感情。这样一群无关紧要的人之中，居然有人跳出来指责自己崇高的决定，这是不能允许的，或者说，她根本无法理解这种行为。

但这都无所谓了。我已经不会再见到她了。我已经无须顾忌她的感受，只要不让自己受伤就行了。

“由衣夏你——”

然而，那句排练了无数遍的话，我最终还是没能对她说出口：

“你就是喜欢被人爱着，谁都无所谓，但却没有任何爱人的打算。”

没错，由衣夏和我是两类人。也许可以说是完全相反的两类人。我和由衣夏的关系，自始至终是一条单行道。对于我赠予她的东西，她开心地说声谢谢，拿过来尽数塞进口袋，然后就丢下我，前往能得到更多东西的地方。无论是帕森斯同事们的冷眼，还是我对她自以为是的爱，似乎打一开始就无足轻重。

这样是好是坏，我想并不是问题的关键。由衣夏是那样的人，而我是这样的人，仅此而已。也许正是这次跳槽，让由衣夏再次下定了决心，保持自己的本色，丢下我们迈步向前。

“下午茶里面咸的东西，要是留着不吃，到最后总是会吃不下啊。”

由衣夏说着，用指尖拨弄起卷了生火腿片的面包棒，一脸遗憾的样子。我们的面前各摆着一个相同款式的三层架，盛了些司康饼和小蛋糕。我从咸的开始吃，她从甜的开始吃。最后她剩下了面包棒，我剩下了蒙布朗。对于选择什么剩下什么，我们大家都不是同类，但却要我们彼此理解，用同样的方式爱彼此，岂不是很荒谬吗？

白色茶壶中的伯爵红茶刚好见底了，怎么使劲摇，也再倒不出一滴来。走出餐厅，太阳已经落山，一阵冷风吹过。自从与由衣夏在内定仪式[①]上初次见面，已经过去了整整一年。

“那你加油啊。”

“……嗯。”

说完这句，我们就分别了。由衣夏最后似乎想要说什么，唇间张开了一道小小的缝隙。但她立刻将它闭上，转换成了她常以示人的可爱笑容。对此，我故意装作没有察觉。就到此为止了。

---

① 日本企业为获得录用函的求职者举行的确认入职意向的仪式，通常设在每年十月。

由衣夏离开后，我在帕森斯的日子与以往没有丝毫改变，这让我有些吃惊。曾经对她满嘴愤怒和失望的同事们，在她离职后就彻底遗忘了她，仿佛这个人从一开始就不存在，也再没有一个人提起由衣夏的名字。

由衣夏跳槽的一个月后，时间来到了十二月末。

“首先，请允许我向大家说声对不起，之前给大家施加了太多压力。我并不是有意的，虽然我的本意是想让大家得到成长，但我自己也明白，这不能成为借口。”

会议室里聚集了整个科的成员，滨口科长用一如既往不掺感情的语气，和往常绝对不会使用的语言，向大家道了歉。我们都低下头默默听着。

与我同期入职的员工，算上由衣夏已经有二十三人离职了。人事部感到事态严重，以年轻员工为对象开展了压力测试和面谈，最终认定有多名管理者存在职权骚扰行为，其中也包括滨口科长。

滨口科长不过是在亲身实践一种曾经正确的价值观，如今它的正确性被否定，她就当即受到了声讨。显然，她自己也清楚，都已经二〇一九年了，“我不知道自己的行为算是职权骚扰”这种借口，不可能说得过去。

从那天起，滨口科长开始频繁请假，就像离职前的由衣夏一样。一旦被认定存在职权骚扰行为，从经理职位撤下，就再难重新爬上经理的位子了。大家都议论说，她是不是近期就会跳槽到同行业的其他公司。

如果她真的离职，科里的其他人或许会觉得是件好事，但我不同。我想起“老妈”这个恶意的绰号。不是的，那个人绝不是母亲。

比起母亲，她更加——

离开那个家吧。开始一个人生活吧。今天回家后，把这件事告诉母亲吧。

听完滨口科长狼狈不堪的道歉，我的大脑一片空白。我装作一脸平静，快步躲进了厕所的隔间。在那里，我下定了决心。放松心灵的地方，要由自己创造。

*

做完工作后，我没去皇居跑步也没去喝酒，径直回了家。晚上八点多，我一如既往地悄悄打开门，玄关一如既往洋溢着温暖的光，然后一如既往地，房间里传来了母亲的声音。

“回来啦。”

“嗯”——我的喉咙发出一串模糊的声音，逃避了她如常的温柔。我洗了手，暂且逃进了二楼的卧室，放下我的外衣。

“无偿的爱”。在道德课上听到这个词时，高中教室里响起了一丝细小的笑声。它就像是电视剧里用力过猛的台词，让人听了害臊。可是，它就在我们身边，从很早以前就在了。它始终在那里，始终令我窒息。

打开房门。经过一段走廊，下楼梯。深呼吸。

接下来，我要向那个人道别了，在这个温暖巢箱中将我抚养长大的人，这个世界上最爱我的人。这是我为了维持自己心的形状，必须做出的自卫行为。

“妈妈。”

我一边下楼梯，一边开口说话。空气中有股好闻的高汤味道。下了楼梯，往右走是客厅，边上有一张吧台，对面就是厨房，好像又在烧羊栖菜。不知怎么，我觉得面对面讲话会很困难，于是站在客厅里对着那扇关闭的门继续道：

“妈妈，我想近期离开家，搬出去一个人住。”

不知道里面是什么反应。天花板灯光的照射下，只能看见有些昏暗的楼梯和墙壁。

“真的谢谢你，一直以来支持我。但是妈妈，以后我说不吃晚饭的时候，你就不用准备了。”

母亲没有发出一丝声响。

“剩下来我会过意不去，你好心为我准备的，我也很难拒绝。每次都是。”

说完这些，我就回了卧室。关上房门，淡橘色的电灯照亮了熟悉的儿童房间。我的心跳快得难以置信，但也仅此而已。我努力冷静地换上运动装，避免与母亲打照面，走向玄关，穿上跑步鞋，咔的一声大大推开了门。

奔跑在夜晚寂静无声的住宅区，每当家家户户窗子里温暖的光贴上我的脸颊，我就催动步伐，像是要挣脱开它。透明冰冷的空气无阻地钻进肺里，我仿佛正渐渐变成一个和过往完全不同的人。

我想起了母亲。当她伫立在厨房，看着眼前那锅无人可给的羊栖菜，她还会继续爱着这个与她血脉相连的特殊的陌生人吗？

我又想起了由衣夏。她凭着“想被更深爱”的任性理由，轻易就能抛弃现在的环境和爱着自己的人们。她的胸中，真的不存在一丝一毫的痛苦或悔意吗？

跑步时，人是孤独的。这条笔直的道路空无一人，看不见起点也看不见终点，我要用自己独一无二的方式，尽可能跑到更远的地方。

第三话

二〇二二年

二〇二二年四月，进入社会的第七个年头，我入住了池尻大桥附近一栋面向大学生的大型合租公寓“交叉点”，担任这里的导师。“交叉点”是我所在的铁路公司希望利用闲置土地打造一个有创造性和创新性的项目，在借鉴哈佛等美国名校学生宿舍的基础上建造的。

这栋五层楼高的新建集体住宅楼坐落在旧日的大山街道旁，里面塞下了大约四十个十平方米左右的房间，每个房间只能放下一张床和一张小桌子，楼内各处配备了远超需要的各式共用设施设备。一楼是一个气派的大厅，摆放了品味高雅的复古家具；二楼是洁净的食堂，每天提供营养均衡的饮食；视野开阔的天台上，则铺了一整块人工草坪。

“之所以取‘交叉点’这个名字，是希望这里成为一个像十字路口一样的地方，让平时生活中无法遇到的人们在这里相遇。衷心期待大家在这里相互学习、相互促进，为我们的社会创造出更多新文化、新产业。”

公寓设有六名导师，而我因为任职于经营这所公寓的公司，被任命为了导师组长。在一楼大厅举行的入住仪式上，我尽力隐藏着紧张情绪，这般鼓励了年轻的入住者们。这批值得纪念的第一期入住学生，都来自东大、早大、庆应这样的顶尖大学，最差的也是MARCH[①]中的一员，经过申请表审查、面试等重重筛选，最终选出了三十名。他们整齐地站成几排，单手拿着瓶装的喜力啤酒或是倒了乌龙茶的玻璃杯，洋溢着被选中的激动之情，坦然沉浸在喷涌而出的自我认同感中。

“高中时期作为日本代表出席环境问题相关的国际会议。”

“为宣传小众体育项目邦德网球[②]，赴全国各地开展体验活动。”

---

① 指校本部位于东京都的私立名校群，包括明治大学、青山学院大学、立教大学、中央大学、法政大学五所学校。

② 日本首创的网球类新型运动，所需场地较网球大幅缩小，便于在体育馆、社区中心等室内开展。“邦德”一名源自英语的“弹跳”（Bound）和“边界”（Boundary）。

“读研期间研究自己最爱的乌贼，作为‘乌贼女孩’登上电视。”

他们脱口而出的自我介绍个个丰富多彩，我听得脑袋发蒙，一边冒冷汗一边拼命盘算着如何介绍自己。从庆应 SFC[①] 毕业，通过校招糊里糊涂进了公司的新业务开发室，目前在做一个有点创意性和创新性的工作——这种无聊的履历要怎么讲才好听呢？

从那天开始的交叉点生活，可以说非常有精英氛围。大学生和导师们聚在大厅，看着电视里的新闻节目，围绕激荡的国际局势各抒己见，还拿来了水烟，在天台举办烧烤派对。每次聚在一起，总有人提出“难得这么优秀的大家聚在一块儿，一起做点有意思的事吧”，其他人就会纷纷表示赞同。

“你为什么当了工薪族啊？”

入住两周后的某天早上，我不到七点就起了床，坐在无人的大厅里啃一本不太好懂的商业书。这时，庆应文学部一年级的胁谷向我投来了这个问题。我暂时将

① 指庆应义塾大学湘南藤泽校区，位于神奈川县藤泽市，一般说“庆应 SFC”时多指该校的综合政策学部或环境信息学部。

眼睛从书上移开，先预测了他的意图，然后笑着回答：“因为我既没找到想做的事，也没有擅长的事。你可别像我一样啊。”

“别误会，我没有看不起工薪族的意思，也不是在言语攻击。我们Z世代[①]普遍都不愿意年复一年被人使唤，做自己讨厌的工作，或是被公司强行增加工作负担、全然不顾我们人生计划地调换工作地点。所以我就是单纯好奇，你为什么选择当工薪族呢……你想，最近不是流行那种吗，一边干自由职业，一边像加入公会一样，在公司里也挂个名。”

胁谷丝毫没有畏缩的样子，反倒显得十分得意。“Z世代”这个词，在我的认知里，无非是一群大叔为了赚年轻人的钱而造出的架空概念，没想到交叉点的大学生们也这样称呼自己。于是每当他们为“Z世代”赋予定义，没能加入这所会员制俱乐部的社会人导师们——也就是我们这些陈旧而错误的人们——就会背负上永远摘不下的十字架。没错，交叉点既是一个代际间相互交流的场所，同时也是一个像这样与上一代割席的场所。从

① 指1995年至2009年出生的一代人，他们自出生就与信息时代接轨，受电子设备、互联网等影响较大。

今天的形势来看，我会因为自己不是自由职业者而是工薪族受到抨击，我的内心有点厌烦了。正当我想着他要是穷追不舍我该如何应付时，下一个牺牲品从电梯里走了出来。

“啊，沼田哥！你为什么会进入帕森斯呢？你都能在那儿拿新人奖了，上学时选择创业不是更好吗？”

大厅的一角提供免费的咖啡，导师沼田穿着一身面料像是睡袍的褐色运动衫走来，看样子是来取咖啡的。其他的导师都是自由职业者，顶着专业资格教练、社区设计师之类的头衔，完全不知道实际做些什么工作，只有沼田和我两人是工薪族。因此，对于这个刚工作四年的男人，我自顾自地抱有一种亲近感。

“嗯？你问我为什么……当工薪族只要干干活，找时机偷偷懒，每个月就能拿固定的工资，还有比这更好的事吗？而且，能像这样免费住进新建的合租公寓，地段还这么好，也是因为我当了这个工薪族嘛。我发自肺腑地感谢工薪族这个身份。”沼田一边语出惊人，一边提起咖啡壶，往纸杯里倒免费咖啡。

“原来如此，跟 Z 世代的价值观也有共通之处……吗？”虽然胁谷努力地尝试接受这番话，但从他的表情看来，听到沼田过于消极的主张，他一时难以从惊愕中转过神来。

我想沼田一定是照他所说的那样工作的，公司无计可施，只能默许他这么做。因为帕森斯人才经纪公司一直以来积极为高中生、大学生提供创业支持，当时我们公司的员工联系他们，拜托他们派一名导师过来，宇治田社长说“有个很有意思的人选，想必能刺激刺激年轻人”，最后派来的人就是沼田。

“作为导师想给学生提供什么价值？嗯——没有吧。虽然不清楚宇治田先生说‘刺激刺激’是什么意思，但我们跟他们的人生阅历也就相差几年，居然要高高在上地指导他们，各位不觉得太越界了吗？这种事，我坚决不干。过好自己的人生就已经够累了，居然还想要背负上别人的人生！”

入住前，导师们在三月举行了一次碰头会，会上沼田痛快地说完了这段话，脸上没有一丝一毫的罪恶感。其他导师听了都张口结舌，但在我看来，他说的一部分话的确有道理，再者，沼田既然能在帕森斯那样的公司拿到新人奖，宇治田先生派他来一定有什么意图。

*

“合租生活啊——我还想着肯定很逼仄呢，但看你这么享受久违的单身生活，我就放心了。不过说起来，这里也好久没来了呢。”

神泉郊区一家安静的法式餐厅，颇有情调的吧台位，坐在一旁的长谷川意味深长地看向我。

“听着，结婚就是坐牢。你马上也会后悔的。”我也不客气地回击道。

我和长谷川是一段孽缘，从初高中一贯制的男子学校同学，到大学同一个学部，连研讨课也是同一节。我很早前就听说，他和真绫，一个联谊上认识的比他小的女生，已经交往了三年，马上准备结婚了，如今得知上个月终于领了证。

“那交割工作做得，精英营销员看了都得汗颜。她肯定精细地倒推过时间，然后用一套无懈可击的计划，把我周围的障碍都清除了。”

去年的这个时候，真绫向长谷川提出了一个条件：我想在三十岁前生孩子，我需要备孕期，也想有足够的时间享受二人世界，所以如果你不在我二十五岁生日之前求婚，我就跟你分手。这之后，她把自己的闺蜜和长谷川拉在一次开了四次会，把自己的母亲和长谷川拉在一起吃了两次饭，其间又和长谷川的好友开了三次会，然后……长谷川这个庆应毕业、就职于国内最大饮料制造商的优质男性，就像一只毫无抵抗的绵羊，被优秀的牧羊犬催赶着，慢慢朝那个既定的目标走去。

我也见过真绫一次。她与“长谷川的好友”开的三次会之一，就是长谷川和真绫、我和前妻冴子几个人的一场简单的家庭聚会。我们夫妻二人当时住在学艺大学的一套两居室，在家里招待了他们，当天的照片翻翻手机还能找到。那是去年六月，入梅前一个微凉的阴天。

“我啊，超级想在结婚后成为你们这样的夫妻！冴子姐，你这种独立自主的女强人的感觉，真的好棒！”

品着冴子从小酒柜里接二连三端出来的红酒，真绫醉醺醺的，一个劲儿地夸我和冴子。虽然我不太明白，她从女子大学毕业，住在东京的家里，在她父亲的中小型企业里兴趣使然般地做着会计，这样的女生为什么会羡慕冴子。

“哎呀，瞧你说的！什么女强人，就是在普通通信公司做营销的打工人啊。”

冴子的话里没有提到“独立自主”，她朝我和长谷川这边瞥了一眼，我们只好闭上嘴保持微笑。冴子与我和长谷川是研讨课的同学，比我们低一级，但她复读了一年，所以跟我们是同龄。

长谷川非常清楚我们夫妻俩“力量对比”的历史，比如冴子加入研讨课后，我就找了各种理由，在聚会上坐在她旁边；夏天去伊豆集训时，我偷偷跟策划组打好关系，把我们俩分在一组；还有她工作后的第三年冬天，我听说她分手了，当天就给她发消息邀请她约会。此外，想必长谷川也还记得，她在上研讨课时，公开发表过自己有些不同寻常的人生观。

“无论法律上的婚姻，还是事实上的婚姻，因为某一刻的决定而永远捆住自己，这种事我绝对无法接受。”

每次研讨课聚会上聊起结婚的话题，冴子都会说类似的话。她一直很厌恶结婚，还说过和我交往前的那个男友，就是因为这个分的手。她是个非常独立的女性，热爱自己的工作，在不同社群中都有很多朋友，一天到晚有美食品鉴会、攀岩等各种活动。也就是说，她“独立自主”到根本不需要结婚。对于她而言，就算不结婚、养孩子，人生也大有事情可做，就算没有“庆应毕业的双职工夫妻”这样的外在头衔，她也能充分展现自己的存在价值。所以二〇二〇年的夏天，当长谷川听到交往不到一年的我和冴子要结婚时，他吃惊地问：“你到底跪了几个小时她才同意的？”跪也就跪了两分钟，更有效的是我和她签订了一份契约：

① 如果冴子想离婚，我必须无条件接受；

② 第一条的内容不能告诉双方父母；

③ 如果因第一、第二条发生纠纷，冴子不负任何责任，问题全部由我负责解决。

“喂，这是搞哪出啊！你们打算做表面夫妻？”长谷川惊呆了。但就算是表面夫妻我也不在乎，我就是想用某种方式把我和冴子的关系固定下来。我常常害怕冴子会离我而去，哪怕是无意义的，我也想减轻一些不安。这份关系的离场机制已经按她的要求制定好，我只想尽可能维系，哪怕是用一根丝线也好，阻挡一下她走向出口的脚步。我就是如此卑微地爱着冴子。她清冽的像猫一样的双眼，纤细笔挺的鼻梁，对外豪气但生活中非常细心的性格，像这样细碎的理由我能举出无数个，但我对她的爱超越了一切道理，并渴求这单方面的爱意能够开花结果。

冴子的社交活动因为疫情陷入停摆，这让她感到非常无聊，于是我们在二〇二〇年七月正式结了婚。我们这扭曲的婚姻，婚后的生活却不像长谷川担忧的那样“表面”，相反非常滋润美满。冴子经常参加一些线上聚会，除此之外的时间，我们就相互陪伴度过。租车去叶山兜风，享受昂贵的菲力牛排配红酒，或是躺在沙发上，通宵看完一整部 Netflix 的韩国电视剧。我们从社会的限制中找到某种乐趣，一点一滴地积累小小的幸福——至少我是这么以为的。我的工作很忙碌，也做出了一定成绩，但自从结婚开始同居之后，我毫不犹豫地把与冴子的时间放在了首位。对于我来说，工作不过是一场巨大的消遣，用来填补冴子出现之前我人生的空白。

没有大的争吵和矛盾，我们的婚姻生活安稳地持续了一年半。去年年末，世界开始逐渐回归原来的轨道，冴子提出了契约条款①，我们的婚姻戛然而止。当时冴子的社交活动重启，连续几天晚上回家都过了十二点，却一副没事人的模样，我对此表示了轻微的抗议，第二天她就摊了牌。

“我并不是讨厌你，当然也不是喜欢上别人了。就是觉得我们两个都不适合结婚吧。”

她是个聪明人，平时想说的话从不会含糊，而这次她故意选择了“我们两个”这个词，仿佛是在宣称这场婚姻的破裂不是单纯某一方的问题，而是双方共同的责任。我没有询问这句话背后的真意，但她这样说一定不是为了安慰我，对她而言，这就是无可辩驳的事实。

“要不找点新的事做做？比如换一个新环境。”

冴子离开的那天晚上，长谷川给我提了几条具体的建议。于是我想起去年秋天接到的委托，要我入住合租公寓协助运营，当时我以刚结婚为由拒绝了。我立即联系了上司，询问现在还能不能参与。

“我最近一直很焦虑。在真绫的摆布下稀里糊涂结了婚，婚后的生活会顺利吗？所以呢，我希望你能给点真诚的建议。我们可是打十二岁起的交情啊，你肯定比真绫更了解我。”

长谷川嚼着前菜无花果卡纳佩，头都不抬地说道。在男子初高中的六年里，我和长谷川一直形影不离。朋友圈子里应该还有三四个人，但不知道为什么，回忆初高中的事，我只记得起长谷川一人。但是，上大学后，我们变了。准确地说，是我变了。小学毕业后第一次被丢进男女同校的环境，我的重度恋爱体质突然觉醒了，心仪的对象一个接一个，和其中几个分分合合了好几次。上大学时，我和长谷川相处的时间还算多，结婚后我的生活里就只剩冴子了……他本该是我最好的朋友，但这一年里，除了几次家庭聚会，我们基本没见过面，想来真是忘恩负义。即便如此，当长谷川听说我要离婚，立刻打电话来找我喝酒，在那之后也很关心我，今天还像这样把自己人生的进展第一时间告诉了我……失去了冴子，失去了恋爱的选项，对于如今的我而言——虽然是我自说自话——他时隔数年再次成为好友以上的存在。

我向他询问着秋天举行婚礼的备选日期，勉强开玩笑道："放心，交给我吧。我比谁都了解失败的婚姻，就像比谁都了解你一样。"

与长谷川分别时已经过了十一点。我在池尻大桥站下了电车，步行几分钟就回到了交叉点。随着离大门越来越近，我注意到了某种异常状况。已经到了这个点，大厅居然仍灯火通明，里面传出年轻人特有的尖锐欢闹声。

“哎哟，很亲人呢！不会是谁家养的猫溜出来了吧？”

“不对，你看耳朵这里！剪了角，是这儿的地区猫[①]。”

“什么是地区猫？和野猫不一样吗？”

大厅进门处的沙发跟前，有一只黑猫。十几个公寓的学生围在它身边，它还是一副怡然自得的样子趴在混凝土地板上，不停舔着自己的右脚。

“我从便利店买冰淇淋回来，看到它蜷缩在门口。走近了它也不逃走，我打开门，它就慢吞吞地进来了。我看它还小，也不忍心把它赶出去，刚才就在跟大家商量，要不就让它在这里待一晚吧。我们这儿不禁止养宠物吧？”

一个叫椎名的女生说明了情况。我记得公寓规章里应该写了禁止携带动物入内，但只要我睁一只眼闭一只眼就无妨。我刚想行使自己微弱的权力，姑且准许他们，这只猫突然爬起来，跑到了刚下电梯的沼田边上，

① 指生活在特定地区，由当地社区照顾的猫。耳朵剪角是已绝育的标志。

不停拿身体蹭他的腿。

“这么亲人可难办了，我对猫可有点过敏啊。”

沼田摸着猫的脑袋说，像是在炫耀这从天而降的好运，然后在飞舞的纤细猫毛中，打了一个大大的喷嚏。

*

从这天起，“吉原”就在交叉点的大厅和院子进出自如了。吉原就是那只黑猫，这个名字是经过民主投票决定的。沼田说从前认识一个很不要脸的人叫这个名字，就用这么莫名其妙的理由提了议。大家觉得它总是独占有阳光的地方睡觉，确实很不要脸，而且最受猫喜欢的沼田理应拥有命名权。只不过在我们看来，“不要脸”这个词好像更适合沼田自己。

“我问了附近的人，以前这一带有位阿姨会给猫喂食，所以流浪猫都聚到了这里。后来阿姨住进了养老院，当地人就发起了志愿活动，给野猫进行绝育手术，然后在一些地方放上食物和厕所，把它们作为地区猫管理照顾了起来。”

大学一年级的椎名积极调查了这一片地区猫的情

况，在星期六午后向大家分享了调查结果。据说她的童年在纽约度过，在那儿培养出了世界最前沿的动物保护精神，回日本后也积极参与动物相关的志愿活动。我听到她是海归子女起初还有所防备，担心她崇洋媚外开口闭口都是美国，但她没有像胁谷一样对我们导师挥舞“我们这代人如何如何”的大棒。话虽如此，她也不会对长者有所顾忌，总是坦率地表达自己的想法，总之是一个看似文静，但小小的身体里蕴含着巨大热量的神奇女生。虽然不存在什么推选，但年纪最小的她眼看就要成为入住学生的领头人了。

“亟待解决的问题还有很多，比如有人觉得地区猫随意进入私人区域不好，还有人提出志愿者们的工作缺乏协同性。所以我提议，我们把交叉点作为据点，与周围居民和政府携手，一道解决地区猫问题，怎么样？”

对于椎名的提议，聚在大厅里的二十几名年轻人纷纷举手赞成。“第一步要分析现状，扩大访问调查的范围，也需要听听反对者的意见吧？”“查查看政府有什么相关的政策支持？”在场的人接二连三提出了下一步的计划，令我着实震惊。

“看吧，这就是 Z 世代。我们从小学初中受到的教育就要求我们重视解决问题、培养个人的问题意识，所以早就轻车熟路了。”胁谷故意走到我身旁，在我耳边骄傲地说道。

在我发出“哇，很厉害啊”的由衷感叹时，有个男人则向胁谷泼了一盆冷水。

“也就是说，你们不是自觉地成为Z世代，而是受到了教育，顺从社会的期待，扮演着Z世代的角色？如果这样，那跟我们这群只知道听老师话的书呆子有什么区别？再说，以前就有很多人，嘴上大言不惭地说‘要在上学时创业’‘人生不只有工作’，结果一事无成。在我看来，所谓的Z世代跟他们也没什么区别。光嘴上说得漂亮可没用，还是得看最后能做出什么成果。”

说话的是坐在我边上的沼田。胁谷看样子是给说中了，吞吞吐吐地撇下一句“……你这种大叔一样的人，会被年轻人讨厌的”，就溜回了年轻人的圈子。

“不过你也因为吉原，对地区猫问题产生兴趣了，不是吗？”我有意刁难了一下沼田。我每天辛辛苦苦，想把这个导师当得像样点，但在沼田眼里，导师这个头衔不过是为他的免费住宿开了方便之门。所以他要么坐在大厅看着于业务无益的哲学书，要么在公共厨房里做一些复杂的炖煮菜，然后一个人吃个精光，身为导师该做的事一件不做，也不见他提点年轻的住户们，只是咧嘴笑着，在不远处默默旁观。

我问起过他在帕森斯的工作，照他本人的说法，他差点被派到最忙的部门，但好不容易躲开了。现在所属的总务部工作很少，本来规定一周至少出勤三天，他也完全不管，每天远程办公，逍遥自在。不过看他偶尔坐在大厅角落里参加视频会议，虽然说话方式依旧刻薄，但发言还算积极。他之前说得那样消极，说不定只是害羞，其实对于工作多多少少还是喜欢的。“傲娇”这个濒临消亡的词简直是为他量身定做的。如果他因为这只黏人的猫幡然醒悟，对交叉点的导师工作不再不屑一顾，开始尽心尽力，那还真滑稽得有点可爱了。

“你想多了。猫是见异思迁的动物，吉原说不定什么时候就消失了。”

吉原老老实实坐在沼田脚边，沼田不停轻抚着它的背，然后又打了一个大大的喷嚏。我听着他咻咻吸鼻子的声音，远远望着年轻人们热烈讨论的模样。

“你看吧，篠崎他们也会帮忙。他们高中时参加过北极熊保护活动，肯定也很认同椎名的动物保护精神。

你看好了，Z 世代可不只是顺从大人灌输的价值观，空谈理想的……”

胁谷似乎相当在意沼田的嘲讽，特地回过头来，指了指站在以椎名为中心的人群右边的五个人，复仇般地说出这些话。篠崎是法政大学三年级的学生，他的确在提交的入住申请表里写了北极熊的事。北极熊，北极熊，北极熊……我好像意识到了什么，朝他们那边走去。

“……啊，真期待呀。”

“好像椎名已经找到了一个正在关注地区猫问题的区议员。”

“区议员肯定会来我们这儿的。”

“区议员来之后是都议员，然后就是国会议员了。”

“指定要上报纸了。”

“上报纸是肯定的，说不定还能上电视呢。”

“为地区猫奔走的正义学生——说不定还会放出我们的照片！”

“啊，好期待呀。”

“做正确的事真开心。”

“啊，还想做更多正确的事。”

“是呀。”“是呀。”“是呀。”

兴奋异常的对话渐渐传入耳朵，我没有向他们搭话，转身走回了沙发，仿佛从一开始就无意找他们。

“咦，这么快。怎么样，说上话了吗？是一群不错的家伙吧。”

胁谷兴奋地问我，明明我不在的时候他只顾着刷手机，完全不知道那头发生了什么。我于是敷衍了一声，尝试着以导师该有的模样观望年轻人们热烈的讨论，心跳却怎么也慢不下来。

有一年夏天，我心血来潮去了动物园，在那里看到了一只被晒蔫了的北极熊。如果是小时候，我可能只会感叹一句“北极熊也好热呀”，但那时我已经上高中了。我透过北极熊，看到了北极。浅绿色的冰川因为气候变暖逐渐融化，发出嗞嗞嗞的微小声响。眼下的北极，北极熊已经被逼到绝境——我痛恨自己的无知与无力。我在电视上多次看到北极熊受苦的模样，却没想过了解它的成因，对于可爱的北极熊们受苦的现状，我什么也没做，竟还恬不知耻地活着。我的心中充满了愧疚，于是说服父母，众筹资金，踏上了前往北极的旅途……

“果然如此。”那天夜里，我在自己狭小的房间中，看着电脑屏幕自言自语道。一共五人。入住的大学生中，有五个人写着一模一样的北极熊故事。

当时我们委托其他公司对申请入住的学生进行审查，我从他们那儿拿到了申请表和面试记录。我翻看了包括落选者在内所有申请人的记录，写到北极熊故事的，包括篠崎在内共有五人。他们全都合格了，如今正住在这套公寓里。

至于选拔时为什么没有起疑，我姑且有自己的原因。我也是最近担任校招一面的面试官才发觉，学生讲的话基本上大同小异。回想一下自己找工作的时候，被问及学生时代有什么值得说的经历，也就是“兼职时担任副组长，将餐厅营业额提高20%”“担任网球社副社长，将迎新集训参加人数提高20%”之类真假难辨的雷同桥段。当时公寓开业在即，我忙得团团转，就没多想，权当大型NPO都在组织北极熊救助项目，许多学生怀着一腔热忱参加了。

“我听过一个奇怪的传闻。”

与我同期入职的三浦在人事部负责校招工作，我找到她询问了情况。

据她所说，几年前有一个叫“吉原义塾”的高中生线上课堂很火，会给想要通过推荐入学考试进入名校的学生捆绑出售各种合大人口味的活动机会。他们会在清单上罗列面试官喜欢听到的内容，让学生从中选择自己想参加的活动。从发起众筹到煞有介事地成立 NPO，从交通方式、住宿酒店，再到活动现场拍照留证，均由吉原义塾一手包办。相对地，学生家长要向众筹项目汇入一定金额，还得给吉原义塾交协调费、咨询费和高额的手续费。如今这个时代，推荐入学考试已逐渐成为主流，通过它入学的新生占到了半数。于是这种能提升名校录取率的高效策略，在望子成龙的父母和想卷进名校的学生群体中，积累了相当高的知名度。

吉原义塾想必是尝到了甜头，听说近来已不满足于入学考试，还将手伸向了求职市场。

“业内把这种统称为‘北极熊故事’，相当多学生在申请表和面试中都讲述了一样的经历。我自己这段时间也碰上好几个。就连语气都一模一样，像在念台词，让人有种毛骨悚然的感觉。”

我一时间难以接受。如果三浦说的是真的，那篠崎他们确实去过北极，但那只是为了应付推荐入学考试。一趟高尚的旅程，而高尚的动机不过是一句谎言。虽然我们也有过错，没能看破他们的把戏，让他们入住了，但这不就是典型的诈骗行为吗？但就像沼田曾经说的那样，我们不也是从小学就开始上不想上的补习班，对家长和老师言听计从，一心想着读书应试。我们和他们，本质上不是背负着相同的罪孽吗？

我的大脑不停空转着，想不出接下来该怎么办。我努力让心情平复下来，定下了一条稳妥的方针：总之先收集更多信息，观望篠崎他们一阵子再说。

*

从刚建成不久的公寓窗户，能清楚地看到晴空塔。

“怎么样，风景不错吧？虽然房间在角上，但因为是朝北朝西的，采光不太好。好在建在了河边，望出去很漂亮。看完房子当天我就申请了。”

正当我站在窗边，心不在焉地望着窗外，长谷川突然搂住我的肩，然后恶作剧似的把冰镇奥利恩啤酒贴在了我的脖子上。我沉默地接过啤酒，拉开拉环，把满是泡沫的液体灌入喉咙。

长谷川和真绫终于决定从七月开始同居，之前两人一个住在藏前，一个和父母一起住在大森。他们选中的爱巢，就是这套位于清澄白河、毗邻隅田川的中层公寓。“这几年公寓涨得太恐怖了，我还担心能不能贷到款，好在真绫家里慷慨解囊，手头的钱倒是足够了。”一介工薪族的长谷川就这样顺利买下了一套美丽新居。

“不过真是遭罪，真绫事特别多。刚东奔西走看完房子，她又开始看买房博主写的帖子。听到她说‘从每平方米单价来看，修缮储备金①是不是太高了’的时候，我真不知该怎么办了。”

长谷川笑着抱怨道，喝了一大口奥利恩啤酒。“谁叫某人不认真找，我没办法才只能各种做功课啊。”真绫在厨房一边做着卡帕奇欧②，一边气鼓鼓地抗议道。她

① 在日本，拥有住宅的居民需要缴纳一定比例的费用，以确保房屋的长期维护和管理。——编者注
② 意大利菜。将生牛肉切成薄片，搭配芝士或酱汁食用。

这段时间在上烹饪课和品酒课，今天也是铆足了劲。

“不过真是造化弄人啊。去年这个时候，我们夫妻两个还邀请你们参加家庭聚会，可因为我这个做丈夫的失职，今天的聚会只好缺席一人了。”

我猜他们一定在考虑这个话题该不该说，所以还是由当事人早点讲出来，权当个笑话为好。真绫似乎不知该作何反应，和我长年一唱一和的老拍档长谷川早已咯咯大笑。“喝点红酒吗？前段时间我在公司里买了一瓶卡瓦起泡酒，都说性价比很高。”也许是想自然地调节一下气氛，长谷川从冰箱里拿出一个深绿色酒瓶，不等我答话便砰的一声拔开了软木塞。

家庭聚会井然有序地进行着，这一切自然是真绫的功劳。长谷川曾经抱怨：“虽然不会全部丢给她，但她从小有父母照顾，一点儿家务都不会做。”如今看来完全多虑了。当然，这全部源自于她为新生活所做的锻炼。然而说来奇怪，我竟然在自己体内察觉到了一种类似寂寞的情绪。“家居服可爱过头了，完全不是这个年纪穿的”“她书读得太少，经常说不到一块儿”“见了几个她女子大学的同学，都是相亲狂魔，嚷嚷着要我介绍单身男性”……这半年来，我从长谷川那儿听到了各式各样的牢骚，每次我都会说：“完美的对象本来就不存在，只能一点点适应。”我把自己的婚姻经历当作盾牌，高高在上地为真绫辩护，但或许每每听到他的牢骚，我其实都在暗自窃喜。

我想这一定是因为，我在心底某个角落宁愿相信，或许可以说是祈祷，长谷川和真绫今后的新婚生活，在真绫各种缺点的消磨下不会太幸福。如此机智聪敏又开朗直爽、乐意分担我的所有悲伤的长谷川，如今正走上一条我曾跌倒过的道路。然而他闲庭信步，仿佛自己绝不会像我一样跌倒。他即将丢下我，迈向人生的下一阶段，而我则陷入了悲哀和忧愁——

“这人一旦喝醉，就会把初高中运动会、研讨课集训的陈年旧事通通都说出来！我跟他说我已经听了无数遍了，他还是不停地说。”

真绫一边收拾脏碟子，一边笑呵呵地看着我的眼睛说道。她一定从长谷川那儿听说了我离婚的原因，但应该不知道长谷川在背后说了她很多坏话。我是长谷川的“重要客户”，她一定是想拉拢我，为自己的婚后生活再添一层保障……

“真绫，你为什么想结婚呢？就连婚庆行业都在说

‘这是一个不结婚也能获得幸福的时代’，Z时代也觉得结婚不过是人生的众多选项之一。”

我装作一副天真无邪的模样，问出了一个藏着坏心思的问题。长谷川伸手拿起玻璃盘中剩下的卡帕奇欧，默默地听着，没有将目光转向这边。

“哎，你问我为什么……因为，嗯，两个人今后想一直在一起，然后，又想到未来的事情，孩子什么的，就自然而然选择结婚了吧？我的年纪也不小了，也想生活得更踏实一些！大概就这些吧……我的回答可以吗？”

真绫前言不搭后语地答道，不知怎的，她看上去有些动摇。我与长谷川一样默默听完，微笑着点了点头。也就是说，真绫虽然对长谷川也有类似爱情的情感，但她“自然而然”地提出结婚，只是想在这场人生游戏中掷得一个好数字，走到一个好格子。一定是这样……我自己也清醒地意识到，我无论如何都会对她产生某种敌意，却始终无法将它控制住。看啊，真绫也并非为了纯粹的爱而结婚。她只是为了束缚住对方，以世间最常见的形状构筑自己的人生，结婚不过是实现这些不正当目的的手段。可她却仿佛在说：“我们是真心相爱的，结婚只是一种表达方式！”这样的做法，与我对冴子的所作所为，又有何不同呢？而另一边，无能为力的长谷川正被卷入其中，被它吞没。我一定无法承受这样的事实吧。

“对了，听说你在合租公寓参与了帮助地区猫的活动。我上学时也做过，当时在一个志愿社团里。”

似乎是想调节气氛，真绫忽然兴奋地抛出了一个新的话题。我是她丈夫的好友，今后会经常见面，为了和我建立良好的关系，她好心制造了这个机会，我却没法坦然地接受。

“这样啊。可还有很多其他的社会问题需要解决吧，为什么偏偏选择了地区猫呢？”

我猜她一定期待着我给出“这样啊！猫咪很可爱呢”的回答吧。听到我审问犯人般的语气，她显然有些不知所措，只得保持着礼貌的微笑，在心里拼命思考如何回答才正确。

“嗯……倒也没什么高大上的理由。我很喜欢动物，比起狗来更喜欢猫，而且，社团的氛围也很不错……”

“喂喂喂，就别逼她了吧。”

方才一直默默旁观的长谷川此时终于苦笑着出来

救场，就好像是我在欺负她一样。我似乎感到长谷川在“我或真绫”的二选一中选择了她，心有不甘却又无计可施。“我可没……”没等我反驳完，长谷川就插口道：“我就是喜欢真绫的直率。你也是，初高中的朋友、大学的同学也是，做什么事都要找个正确的理由或动机。但真绫不这样。有喜欢的东西，她就会去尝试。所以跟她在一起，我的世界会变宽广，我会一天天变成一个不一样的人。我最近迷上的桑拿和剧本杀，一开始都是真绫告诉我的。”

这么说来，从他的Instagram账号来看，长谷川这几年尝试了很多时下流行的娱乐活动，原来都是受真绫的影响。长谷川想必是看我对真绫生这种没道理的气，想缓和一下气氛，站在她的角度做了解释，但这反而又激起了我的不快。我明白长谷川被真绫一点点改变了，我也清楚地感觉到，那个与我共度了大把时光的长谷川，正在一分一秒地死亡。

“结婚的事也是这样。说实话，我从来没想过自己会结婚，是真绫非常想结婚，说结了婚肯定会很开心，我就想既然真绫这么说，那一定有她的道理。作为一个了解从前的我的人，你可能很难理解吧。”

长谷川似乎早早喝醉了，罕见地说了一番伤感的话，我只好含糊地附和他。被抛弃在原地的悲伤——我渐渐意识到了这种情绪的真面目。浓烈的夕阳透进西边的窗户，填满了整个房间，一瞬间我感到那光芒堵在了喉咙口，让我难以呼吸。可我还是竭尽全力戴上了一副微笑，就像长谷川和真绫一样，仿佛那是这个场合的着装要求。

“我可能一辈子都不会结婚。反正恋爱这种东西我也搞不明白。”

我礼貌地拒绝了两人“送我到车站”的提议，独自走在前往清澄白河站的路上，忽然想起了长谷川曾经说过的话。上高中时，我们一群好朋友无所事事，有人开玩笑说“想不想去看爱情电影？人气男偶像和杂志模特出身的女演员毫无感情地念台词的那种”，于是就真去池袋的电影院看了一部这样的电影。结束后我们大声吐槽着“没有比这更无聊的了”，去了麦当劳，在店里得意扬扬地讨论“沉迷恋爱的都是一群没其他事做的闲人”。

长谷川就是在某个这样的日子说了这句话。事实上，他上初高中时，甚至上大学之后，始终没跟哪个女生交往过。另一边，曾经放言“有时间谈恋爱，还不如去做蓝宝书[①]”的我，一上大学就成了那副模样。我和长谷川共同度过了那么多日子，有那么多共同的回忆，可我们之间究竟在什么地方有着怎样的不同呢？那些不同是生来就有的吗？还是说……

脑子越来越乱了，刚才被长谷川劝着喝了太多酒。一个工作了的人还喝得烂醉如泥，怎么给大学生们做榜样呢。为了让自己清醒，我决定在涩谷下车，步行回家。晚上八点刚过，周末的夜晚，走过了人潮拥挤的道玄坂，到圆山町一片就没什么人了。走在玉川通大街上，首都高速高架上车辆穿行的声音，如飞虫一般钻入耳中。快到神泉时，前方出现了一家熟悉的餐厅，是前些日子和长谷川一起去的法式餐厅。

“从明年开始，喝酒也要成为工作了，我就想着去那种餐厅学习学习。但那样适合约会的餐厅，我又没有女孩可以约。所以你看要不跟我一起去？”

大四那年春天，求职刚刚结束，长谷川第一次邀

① 面向大学入学考试的数学教辅书，因封面为蓝色而得名。

请我去这家餐厅。我今后的工作可能涉及沿线商业设施的开发运营，而且职场人生已经近在眼前，正是想逞强的年纪。回想起一群男生去看爱情电影的往事，我们怀着同样恶作剧般的动机，硬着头皮进了这家满是过纪念日的情侣的法式餐厅。当服务员问“您想坐单桌还是吧台”，我们相视一笑，异口同声地回答“吧台”。两人肩并着肩，不去看对方的脸，吃完了一顿满是蔬菜的健康法餐。味道竟然还不赖。我们俩都爱上了这家餐厅，之后每隔一段时间就会来一次，每次都是我们两个人。

“你终于带我来了这家餐厅，说明我已经成为长谷川的替代品了吧。”

几年后，坐在我身边吧台位的人成了冴子。那时，听到她分手的消息，我迫不及待地向她发出了约会的邀请，选择的约会地点就是这家法式餐厅。长谷川的替代品——不愧是冰雪聪明的她，虽说是句玩笑话，却触到了我心上不愿被碰触的皱痕。回想一下，自己至今交往过的女孩，我的确从未把她们带来这里。那天夜里，我和冴子一起走进这家餐厅，第一自然是因为在我心中，她是与长谷川同等重要的人，第二想必就是因为几个月前，长谷川突然向我坦白他交了女朋友。

“长相也不是我的菜，性格呀喜好呀也并不合拍，但对方一定要跟我交往，我就想谈一次也无妨吧。”

长谷川向我讲述了与真绫开始交往的经过，仿佛那是一段不足为道的人生经历。“哎，不是挺好的吗？”我看似满不在乎地随声附和着，事实上内心已是波涛汹涌。那个永远站在同一个地方的长谷川，看到伤痕累累的我，永远温柔相迎、伸手拥抱的长谷川，马上要离去了。冰冷的预感化成了现实。那并不是因为长谷川交了女朋友，而是因为在那之后，我开始和冴子交往，与他的联络日渐淡了。

“长谷川的替代品”——我想冴子在上大学时，就已经看穿了我们两人关系的本质。我总会陷入没来由的焦虑，总要找一个可以依赖的人拂去我的焦虑。如果有人说我是控制狂，我定然无法反驳，而在我形同控制的依赖中，被依赖最多的对象就是长谷川。但我需要的依赖是更深层的，还包含肉体上的接触，于是我在恋爱中找到了这种复杂的依赖关系，最终和冴子结了婚。

“就是觉得我们两个，都不适合结婚吧。”

到最后，冴子还是没能适应婚姻这个狭小的牢笼，把我一个人留在了笼内。在那半年之前，我翻看Instagram时，看到长谷川上传了故事。他在那家法式餐厅，和真绫并肩坐在那熟悉的吧台位，庆祝她的生日。那是我第一次见长谷川把我以外的人带到那家餐厅。

冴子，真绫，还有长谷川……各种情感杂糅在一起，最终化成了一团有些肮脏的颜色。我收起这份情感，在餐厅玻璃门里透出的橘色暖光中默默走过。

*

椎名的地区猫保护行动顺利开展。这片地区生活着约十只地区猫，有专门的志愿者团体负责照顾，大家收集了每只猫的生存状态和志愿者的活动情况，并将一张地图贴在大厅的墙上，拿笔写上各种信息。此外，他们联系上了一位世田谷区的议员，她对这个问题非常关注，第二天就来到了交叉点。

“看到年轻人积极投身解决地区问题，我真的非常高兴！区里一定会给大家提供更多的支持。”

久保美津子议员是个猫奴，自己也养了两只猫，此时她正将沼田抱来的吉原放在大腿上轻轻抚摸。最后，入住的学生们把她围在中间，拍了一张合照。这张照片当天就被传上了久保美津子议员的 Facebook 和博客，并附上了高度称赞的配文。在这之后，与她深交的议员和同样有志于动物保护的议员们纷纷前来交叉点考察，拍下纪念照，心满意足地返回了。大人们都想通过与新潮的年轻人交流，给他们几句夸奖，来展现自己与年轻人能够相互理解吧。

另一方面，遗憾的是，椎名他们为解决地区猫问题而做的努力，还没有取得像样的成果。附近的几个志愿者团体聚在大厅开了经验分享会，这姑且能算是一个成绩，但也就仅此而已了。其实说来也不难理解，像这样有年头的社会问题，让一群空有意识而没有专业知识的年轻人参与几个月，如何都做不出什么大的成果。然而不可思议的是，尽管活动处于原地踏步的状态，几乎所有学生的脸上都洋溢着光彩，特地来和他们亲切交谈的议员们也是如此。只有椎名是唯一的例外。

“说实话，我很焦急。有很多人支持我们、夸奖我们，这当然是好事，但我总觉得他们在说‘你只要当个年轻人的代表，当个 Z 世代的代表就行了’……对不起，要是我能拿出点成果来，可能就不会因为这种事情心烦意乱了。”

有一次，椎名找上我，向我诉说了她的烦恼。她好像处在焦虑之中，因为周围人自顾自地描画了一幅理想图景，却将实现理想的任务强加在了她的身上。我猜她也并非想从我这儿寻求解答，但我觉得不能给她一个敷衍的回复，只好说：“如果你信得过我，可以来找我诉苦，千万别一个人憋着。”

“对了，”椎名正要回房间，我叫住了她，我想起了一件一直想问的事，“你为什么会对地区猫的问题这么上心？是有什么事对你产生了重大的影响吗？”

在我看来，在这群学生中，椎名显然有着另一种色彩。她不会像胁谷一样冲着我喊“我们Z时代要有所作为”，她的行动也不是为了得到“Z世代的代表”这样的光彩头衔，似乎只有她一直带着纯粹的念头在处理问题。

“重大的影响？是啊……”

有一年夏天，我心血来潮去了公园，在那里看到了一只被晒蔫了的黑猫。如果是小时候的我，可能只会感叹一句“野猫跟家猫不一样，无法舒服地吹空调，真可怜呀”，但那时我已经上高中了。那不是野猫，应该是地区猫——我透过这种动物，看到了北极……

“……开玩笑啦。其实很俗套的，就是小时候养过猫，从那时候就喜欢猫。很没意思的理由吧？要是我也像篠崎他们一样，有个好懂的理由就好了。”

听到椎名爆炸性的发言，我一时间手足无措，而她看到我的反应则笑了起来，像是恶作剧得逞的孩子。

“我都知道，篠崎他们的事，还有北极熊的故事。都无所谓吧。不管动机是什么，哪怕只是为了综合评价分①或者推荐入学考试，只要做了在结果上正确的事，那比什么都不做强多了。‘必须得是完美正确的’这种执念般的东西，大家是不是都陷得太深了？我在胁谷身上尤其能感觉到。”

她看起来像是Z世代价值观的原教旨主义者，却能拥有如此灵活包容的态度，使我大为震惊。我要是把这

① 日本高中的综合评价分除了各科学业成绩，还包括校内外活动的参与度，分数高低对于推荐入学有重要影响。

些话说给胁谷听，他可能又会生气地说“你这种大叔一样的人，会被年轻人讨厌的”。但我想她的逻辑一定不仅适用于年轻人的地区猫保护行动，而是适用于所有年龄层的人“看似正确的行为”。就像是，我的婚姻。它与其说基于客观判断，还不如说是一种祈祷。我们的婚姻从卑微的束缚开始，因为这个动机，我一直在任性地祈祷它不会沦为“一个错误”。这次交谈从地区猫开始，经由北极熊，竟然连接到了我自己的过往。

“对了——”用一句话把我从祈祷的世界拉回现实的，是椎名。

“……沼田哥，他现在有正在交往的对象吗？你知道吗？”

“啊？怎么可能有啊！”

第二天早晨，在食堂搅拌着纳豆的沼田一脸惊诧，好像听到了世上最愚蠢的问题。想来也是，我在心中附和。“全世界的精英都会好好吃早餐，来获得每天起跑冲刺的动力。”因此交叉点每天早上都会供应早餐，有米饭味噌汤、吐司煎蛋等组合。

“我觉得沼田哥不是在躺平，他绝对有自己的想法。

他每天只是在大厅撸撸吉原，其他什么也不做，然后一脸满足地默默看着大学生们，仿佛是在为我们指引一条新的道路……”

听椎名一脸陶醉地描述沼田的魅力，我竟然有种不可思议的认同感。这么说来，虽然我只在上学时读过一遍帕森斯社长宇治田的自传《通宵工作的社长的告白》，已经记不太清内容了，但书里说的恰恰和这个博人眼球的书名相反——“通宵工作的只要社长一个就够了”，也即“社长和经理们的工作，就是通宵打造一个机制，让员工无须通宵公司也能运转”“员工要考虑的，就是趁上司不注意偷一偷懒，不要让自己过度疲劳”。做电梯项目只是为了偷懒不露馅，让自己不被开除，却因此立了大功，获得了新人奖——如果沼田炫耀的这个故事是真的，那他的存在对于宇治田社长而言，就是自己理想的公司正在实现的证据，甚至可能是他心中理想年轻人的模板。前段时间和胁谷交流后，我读了一本解析Z世代的书，书中也写道：“在这个努力不一定有回报的社会，与其工作得心力交瘁，不如在每一天的生活中找寻小小的幸福。”这样一想，那个懒惰的猫奴似乎摇身一变，成了Z世代价值观最忠实的践行者。如果真是这样，那他或许才是最应该站在“Z世代女王”椎名身边的男人。

“你之前有跟谁交往过吗？”我明知这个问题非常失礼，还是问出了口，但沼田丝毫没有介意。

“目前倒是还没有。但我本身就没急着结婚嘛。再说你想想看，因为某一刻的决定，导致自己被永远束缚住，这岂不是太愚蠢了？不只是猫，人也是任性无常的动物。所以我一直告诫自己，别对他人有所期待。”

这段台词——虽然个别词语有所不同——正是我永远也不会忘记的。刻在脑海里的记忆被这样偶然地翻出来，我的体内掀起了剧烈的波澜。“咦，我说了什么不该说的吗？”沼田依旧咧嘴笑着，喋喋不休。但他之后说的话，我一个标点符号也没有听进去。是我先侵犯了他的隐私，他自然也有相同的权利。

“……如果有一天吉原离开了你，你会怎么做？”

明明我做了用问题回答问题的蠢事，沼田竟没有得意地指出，而是老老实实地闭上了嘴。

“去找它，还是就此死心？责怪它，还是责怪自己？”

沼田依旧一言不发。可能连我自己，也没期待他的回答。某种意义上，我是在向自己提问，等待着自己的答案。一直以来，我以伤心为由逃避着这个问题，却在这样一个夏天的工作日、平平无奇的早餐时间，不知为何正视起它来。

“我想我什么也不会做。我不会急忙去找它，第二天我还是会坐在同样的地方。谁让我是受害者呢，让受害者去追加害者，哪有这种亏本买卖？”

沼田将几个空碗碟摆好，端着托盘站了起来，说“我得去给吉原喂饭了，先走一步”，撇下我匆匆忙忙地离开了。“受害者”，听到沼田口中这个夸张的词语，留在原地的我心中卷起了一阵风浪。

沼田被邻居泼了一桶水，就是在那之后的事情。

“给我吓了一跳！我在院子里给猫弄吃的，有个邻居突然气势汹汹地闯进来，大叫着泼了我一脸水。”

在学生们关切的目光中，沼田一边用浴巾擦拭着湿漉漉的头发，一边淡定地叙述着刚才发生的事情，脸上依旧笑嘻嘻的，仿佛在讲什么英雄豪杰故事。看来并非沼田的过错，只是他的举动成了事件的最终导火索。另一边，椎名的脸上痛心溢于言表。

“我们在附近开展访问调查，得知住在边上一栋老房子里的人每天都会匿名向区内相关部门投诉地区猫。好几次交叉点的信箱也被塞了骚扰信，我就一直很担心那些不喜欢地区猫的人会不会来攻击我们……”

“没什么，就当早上洗了个头嘛。话说我要不以后每天早上洗冷水澡吧。真是让人神清气爽啊！”

当事人沼田一副没事人的模样，但椎名依旧沉浸在沮丧中，一时无法自拔。令她消沉的最大原因，自然是地区猫保护行动陷入了僵局，可或许还有一个同等重要的原因——最近让她有些在意的沼田，因为自己而遭到了这样的“恐怖袭击”。

并且，心灰意冷的不只有椎名。平日里胁谷从不会说一句泄气话，总带着“困难是福”的论调傲气十足地说“就算身处逆境，Z 世代也不会丧失奉献社会的热情”。然而此时，不知为何，他看起来比椎名更加沮丧。其他大学生们也是相同的表情，心中充斥着不安，担心自己的努力是不是错误的。将正确性视作最高行动准则的他们，正在经历剧烈的动摇。

“不管怎样，大家的人身安全是第一位的。大家入住交叉点还不到半年，胁谷你这也才大一。除了保护地区猫之外，还有很多能发光发热的地方，如果纠结，不如先暂停一下，慢慢考虑吧。沼田，你还是先去冲个澡吧？”

我为了打破凝重的气氛，打起精神提议道。沼田于是乖乖走了。等他洗完了，给他倒杯冰麦茶吧，我忽然想到。冰箱在二层，特地等电梯上去反倒麻烦，我决定从疏散楼梯走上去。

走上楼梯平台，我不觉停下了脚步。从疏散楼梯连接二层走廊的门对面传来了说话的声音。

“邻居肯定又要给区政府打投诉电话了。”

“这样下去，区议员是不是不会再来我们这儿了？”

“别呀！国会议员和报社记者都还没来呢！”

“那就难办了。亏得我们相信椎名，还跟着她干了这么久。”

“我们接下来该怎么办？”

“啊，好焦虑！”

“不能做正确的事，居然这么叫人焦虑。”

“我们是受害者啊！明明想做正确的事，却被椎名带到了不正确的地方！”

“我想快点做正确的事！要不然我要焦虑死了。”

“还有什么正确的事呢？”

“对，要做正确的事。绝对正确的事……”

“北极熊！”

在门另一头开作战会议的，无疑是篠崎那帮人。我也想过要像警察踏进决定性现场一样打开那扇门，但在我逡巡之际，他们已经达成了一致的结论，说着“对，北极熊”“北极熊真可爱啊”之类的话，踩着轻快的脚步声离去了。

*

第二天，交叉点里出现了几头北极熊。当然，活生生的北极熊不可能来到池尻大桥时髦的合租公寓，是篠崎他们几个穿上北极熊的玩偶服开始了生活。

“我觉得我们应该体会一下北极熊的感受。”

“没错，北极熊的感受。”

“他们喜欢寒冷的环境，可气温日渐升高，冰川不断融化。”

“北极熊们很痛苦。”

“我们也应该知晓它们的痛苦。”

“所以我们自己缝制了这些玩偶服。”

“很热，但北极熊比我们更加热。”

他们的玩偶服不是主题乐园里制作精良的那种，只是用白色拉毛布简单缝合而成的，如同廉价的派对装扮。兜帽上缝了耳朵和黑色纽扣做的眼睛。他们转身时，纽扣也会转向这边，反射出黏腻的光。

一开始时，入住的学生们只是带着诧异远远旁观。但当他们每晚聚在食堂的角落里，用不知从哪里借来的几台缝纫机静悄悄制作起大量的玩偶服，并表示要把它们放到二手平台上卖，把赚的钱捐给 NPO 的时候，几个因地区猫保护行动陷入停滞而无所事事的大学生也抱着玩玩的心态开始帮助他们了。自从加入了北极熊行动，他们都对此赞不绝口，感到体内充满了正确感，于是学着篠崎他们在生活中也穿上自制的北极熊服。以篠崎为首的集团规模日益庞大，很快交叉点近一半的学生都参与其中了。

“真是莫名其妙。做那种事就能明白北极熊的感受了？那种荒谬的服装有人买才怪了。再说，我们保护地区猫又不是为了维护自己的正确性。他们居然以正确为由，把手伸向了北极熊……”

胁谷尚且保持着清醒，请求我作为导师着手处理这个情况。但是从我的立场出发，我对此无能为力，十分头疼。没人规定所有入住学生只能参与一项活动，而且为北极熊做慈善是完完全全的正当行为，不可能因为“不靠谱”“椎名很可怜”就制止篠崎他们。实际上，椎名毕竟是那种性格，如今正一副事不关己的样子，觉得每人做自己喜欢的事就行，自己就算没有同伴也会继续为地区猫努力。

“事到如今我还是想问，你为什么这么热心地参与地区猫保护行动？椎名和久保美津子区议员都是单纯喜欢猫而已。”

“你问为什么，是啊，为什么呢……我不能对椎名的努力袖手旁观，而且吉原确实很可爱，更重要的是，我有自己的——”

我无心的一问，好像落进了胁谷内心深处的黑洞，他似乎得出了一个害怕说出口的答案，现阶段仍然拒绝将它告诉我。然而第二天起，胁谷也穿上了北极熊的玩偶服。

“好厉害，真的浑身上下充满了正确的感觉……哎呀，我之前为什么要参加无聊的地区猫保护行动呢！对呀，我本来就对地区猫完全没兴趣。只是因为我没有其他要做的、想做的事，仅此而已！”

身穿北极熊服的胁谷跑来跑去，把还未参与活动的大学生拉到身边，一个劲儿地煽动他们。我不得不提醒他，“明目张胆的拉拢行为”在规章里是明文禁止的。可我的话就像在干草堆点了把火，胁谷以一种从未有过的激动情绪唾沫飞溅地叫嚷起来：

“你在指责我吗？我们可是受害者！学校老是说，去发现身边的问题，努力地解决问题吧。可我无论如何也做不到！是我做错什么了吗？一个好的举动就因为动机是坏的，它就是坏举动吗？它能变成好举动吗？北极熊保护行动的动机是假的，它就应该立即中止吗！”

胁谷过于激动，甚至流下了眼泪。这想必是他发自肺腑的声音，在北极熊的装扮下，他终于获得了解放。涉世未深的好学生们无法将自己嵌进模范青年的模板中，为此只能独自承受着痛苦。不是所有人都能像椎名一样，活得纯粹，但能以谁都无法折断的坚韧构筑自己人生的形状。

“可是，这种东西卖得出去吗？胁谷你自己不也很怀疑吗？”

“卖不卖得出去都无所谓。我做的是正确的事情，但世人没有响应，才导致了北极熊每天挨饿受苦。有错的是世人，而我一直是正确的，这就足够了。只要我能保持正确，说实话北极熊怎么样，我才不在乎呢！”

胁谷大叫道，被迫洞见了自己可鄙本心的他，正处于精神错乱的状态。也就是说，他没有在为吉原们的奉献中找到安身之地，如今终于在北极熊带来的受害者意识中找到了。

“看到了吧，北极熊果然是正确的！”

“啊，做正确的事感觉真好。”

“我们会在正确里获得永生！”

“不过，好想做更多正确的事啊。”

“怎么还有人在搞地区猫保护行动？”

“胁谷是不是没用心拉拢他们？”

“一定是他懈怠了。”

“要审判他！”

“说得对，不正确的家伙就得审判。”

“下一个就是椎名，还有吉原。”

“没错，审判他们！”

“就因为他们这帮人，我们才被拉着做不正确的事。”

“要让他们悔过，不然就赶出去。”

“没错”“没错”“没错”“没错”“没错”“没错”“没错”“没错”“没错”“没错”“没错”“没错”“没错”“没错”“没错”“没错”“没错”……

第二天，他们真的在大厅摆上桌子，开了一场简易的学生庭审。那着实是一幅极为诡异的画面。身穿北极熊服的人坐成一排，他们事先给胁谷、椎名和吉原发送了召集令，此刻正等待着两人一猫的到来。

“对不起！我检讨，我对北极熊的爱太欠缺了！”

审判从早晨开始，胁谷一把鼻涕一把泪，很干脆地进行了自我检讨。最后，他被判处这个暑假去日本各地的动物园，加深对北极熊的爱。北极熊军团的成员们还故意大声起哄“真羡慕”“我也想去”。可另一边，无论他们如何翘首以盼，椎名和吉原都没有在庭审上出现。这是因为，我们在昨天就做好了应对。

“事情一发不可收拾了呀。这可是导师组长玩忽职守造成的哟。”

驾驶座上的沼田笑嘻嘻地责备道，脸上为了遮阳而戴了一副麦克阿瑟式的太阳镜。我对此无可辩驳，他的话一句不错。所以我才决定让椎名和吉原先出来避避风头，以防万一，自己留在交叉点收拾这个烂摊子。

“这不是谁的错，毕竟谁都想不到会出这种事。我应该会在那边待到事态平息为止，有情况请随时告诉我。但愿吉原也能早日适应新环境吧。”

椎名家在山中湖畔有一栋别墅，我让她这个暑假暂时回那儿避一避。我麻烦持有驾照的沼田送她，昨天傍晚就出发了。

租来的车后座上坐着忧心忡忡的椎名，边上是关在一个小笼子里的吉原。

“把你扯进这种怪事，真抱歉。我一定尽快处理好，让你能回来。”

我一边道歉，一边递上一大堆给吉原的猫条当作赔礼，然后目送载着两人一猫的车子开远了。夜里，把椎名送到便立即返回的沼田对我说：“那栋别墅太豪华了。吉原在车上一直很老实，真了不起。”他一脸自豪的神情好像是圆满完成了一项重大使命。

第二天，看着胁谷等人因一人一猫失踪而手忙脚乱，我们在旁听席上偷偷碰了碰拳。沼田与我之间，悄然萌发了某种奇妙的同伴意识。不知怎的，近段时间我们异常合得来。虽然不清楚真实的原因，但也许沼田和我的心中，有着某样相似的东西。

*

“哎，真的很对不起……那时候我就像着了魔。如果说了什么冒犯的话，请允许我道歉。”

那之后过了大约一周，胁谷独自一人回了交叉点。那场庭审因为被告方的一人一猫没有出庭，只得暂告休庭。另一边，篠崎一行人因为无法抑制对北极熊的爱，表示要对日本各地的北极熊开展友好访问，最终走向北极，把原本用来惩罚胁谷的“北极熊之旅”变成了一场集体出游。他们一行十几个人，在玩偶服里淌着大汗，就这样从交叉点出发了。

“都是因为熊猫。我们先去了上野动物园，那儿有熊猫，我就说了一嘴‘熊猫真可爱’，没想到篠崎他们一群北极熊原教旨主义者生气了，说‘肯定是北极熊更可爱’‘你是在藐视北极熊的正确性吗’。结果大家讨论了一整晚，还是没得出结论。别说结论了，有人说水豚也可爱，羊驼也可爱，大家的意见越来越不统一，最后还起了内讧……”

结果，孤身一人力挺熊猫的胁谷被下达了放逐令，他无处可去，只好回到了交叉点。在那之后，北极熊原教旨主义者们为了最大限度提高组织的思想纯度，又放逐了水豚派和羊驼派，最后终于下定决心要向北极进发。胁谷一脸严肃地讲述着，但事情的走向怎么想都太荒诞了，我和沼田低下头强忍着笑意。

“我自己也讨厌自己了。我一直都是这样。我没法像椎名那样，因为一个简单纯粹的理由，就去努力做一件事。我却学着椎名的样子，假装自己是Z世代的模范，假装是衷心希望地区猫能获得幸福，其实我对此一直有种罪恶感。于是我想哪怕动机是坏的，只要行为是正确的就行了吧，就加入了篠崎那群人，结果却围绕哪个更正确争了起来，我又无法融入那种争斗。我接下来，究竟该去哪里呢？”

胁谷一脸平静地坐在大厅的沙发里，宛如一位年迈的僧侣般饮着我递上的冰麦茶，从容地反思着自己的过错，像是在这场骚乱中得到了开悟。到最后，他还是无处可去。他抛弃了椎名，又被篠崎他们抛弃，如今以为能回到椎名身边，可她也把他丢下走了。要一一指责他的懦弱和任性或许不难，我却提不起指责的气力。

“总之，你能清醒过来就是好事。篠崎他们也许不会回来了，但应该还会有其他人回来。你先好好休息吧。”

“不行，我得先向椎名道歉……我肯定吓到她了。她现在在哪里？”

听到胁谷不顾我的安慰这般说道，我便给椎名发去消息，说明了事情的来龙去脉。

“既然这样，要不带上胁谷，大家趁暑假一起来山中湖玩玩吧？这儿非常适合避暑哦。”

我应下了这个充满诱惑力的邀约。八月蒸笼般的天气，加上这几天高密度的怪异经历，已经让我身心俱疲。“哎呀，又要叫我当司机了。”沼田抱怨着，脸上却一副“什么时候来邀请我”的焦急表情。就这样，我拉上沼田，一行三人在周五傍晚出发前往山中湖，开启了三天两晚的旅行。

这是一栋木屋风的别墅，外观有些陈旧，但听说内部装潢三四年前彻底翻新过一遍。别墅入口处立了一块老旧门牌，写着“椎名庄”，边上端端正正地停了一辆银色商务车，是平假名“わ”开头的车牌。[1]

① 车牌以日语平假名“わ”开头的车辆一般为租赁用车。

“要是知道我有别墅，下次就要因为‘投胎罪’被审判了，所以大家保密哦。”

晚上十点多，沼田载着我们抵达了目的地，我们走下车，椎名抱着吉原出门迎接，嘴上还开着玩笑。平时在交叉点她都穿着拉夫劳伦的T恤，所以看到她穿着像是高中社团穿的运动T恤和速干裤出现在面前，我们都有些惊讶。

“我想自己在无意识中也有些过于勉强了。交叉点里的都是同辈人，而且大家都很有上进心，所以我就觉得自己也必须努力，必须带领大家，然后就有点自不量力了吧。”椎名感慨道。

她坐在特等座般的躺椅中慢慢摇着，以往除了沼田谁也不亲近的吉原被她搁在大腿上，似乎已经完全放下了戒备。交叉点的许多学生家住东京近郊，每个月都会回去几天，但椎名的父母都不在日本，她几乎每天都住在公寓里。因此，入住的学生们期待她成为新的、正确的Z世代代表，带领他们实现同样的自我革新，但这种长久的过分期待也许早已把她压得喘不过气来。对她抱有这种期待的典型人物，自然就是胁谷。

“椎名，真的对不起，是我错了。我看到你，就开始焦虑，觉得自己也得成为有价值的人……结果就迷上了‘Z世代’这个浅显的符号，以为自己终于能成为一个正确的存在。”胁谷一脸深沉地回首了这场骚动，并真挚地道了歉。

“别太在意，多亏你们，我才见到了这等稀罕事。”椎名爽朗地笑着，接受了道歉，这种黑色幽默她在交叉点从未展现过。这样一来，事情就算告一段落了。我们轮流借用了浴缸，坐在客厅，喝着路上在超市买的酒和果汁，谈天说地，愉快地度过了这个放纵的周五夜晚。

“沼田哥，我真的觉得太可惜了！像你这么优秀的人，就不能作为导师多给学生们一些指点吗？”

还未成年的胁谷老老实实地喝着果汁，可到了深夜也显得异常兴奋。沼田在橱柜里翻到一个精致的巴卡拉威士忌酒杯，倒上从交叉点带来的廉价威士忌，放入冰块，一边抿着酒，一边事不关己地回答道：

“胁谷呀，人不是生产价值的装置，也不是赢得竞争的机器。刚才听你说我就在想，你是不是太在意他人的眼光了？像我一样，早早退出无聊的人生游戏，在轨道之外舒舒服服地撸撸猫，不是更幸福吗？来吧，先做个康复训练，跟吉原成为好朋友吧。”

沼田的面色看不出是醉是醒，少见地一口气说了很多话，他抱起吉原，轻轻放在了坐在地毯上的胁谷脚边。不知为什么，胁谷回来后，沼田对他很友好。然而，吉原似乎很讨厌这个地方，喵呜一声朝厨房走去了。

“唉……我一直是这样。动物不亲近我，我向喜欢的女孩表白，也从来没被接受过。”

胁谷的情绪起伏太过激烈，此时回想起了恋爱方面的悲伤过往，又兀自消沉起来。恋爱方面，这么说起来……

“沼田啊，那你现在有心仪的人吗？你之前不是说没有交往的对象嘛。”我问道，没有去看椎名，好像是话题自然而然地聊到了这里。

沼田望着吉原一步步走开，目光始终没有转回来。“我不谈恋爱。自己的人生，却要被别人牵着鼻子走，简直不可理喻。”

“但你喜欢吉原吧？我觉得，沼田哥肯定是适合恋爱的。”插话的是椎名，她硬是在此接下了话头。

“不是那样哦。和吉原的关系，我也不打算更进一步了。你难道不也这么想吗？搞了这样一趟蜜月旅行，到头来你依然不会收养吉原，不是吗？”

沼田无情地回答道，说到一半时，带着那张一如既往戏谑的笑脸看向椎名。椎名则陷入了沉默。

“被我说中了吧？我太懂你的想法了。你今后的人生有无限的可能，会忙到没时间管吉原，说不定还会离开日本。你担心把吉原留在身边会照顾不好，说得直白一点儿，你会觉得它是个累赘。但我不是在指责你，相反，这恰恰证明你真心在为吉原的幸福着想。”

沼田咕咚咕咚往空酒杯里倒上他的廉价威士忌，如同在宣告自己的胜利。另一边，椎名似乎正在绞尽脑汁思考如何反驳。

“……我对吉原的爱太任性了吗？我倒也想像你一样呀，每天在同一个地方，以同样的方式照顾和爱护着吉原，可我做不到。我的确跟你不一样，待在什么地方，做什么事情，肯定都是会变的。谁叫我就是这种性格，一旦遇到感兴趣的事，大脑思考之前，脚就已经先迈出去了。所以我想现在尽可能地珍惜和吉原相处的时间，这太任性了吗？”

不变的沼田和不停改变的椎名，完全相反的两个人围绕着吉原和爱，展开了高深的哲学辩论。我却思考起了完全不相干的事情。那就是我自己心中的难题——我和冴子的关系，以及我和长谷川的关系。

“无论法律上的婚姻，还是事实上的婚姻，因为某一刻的决定而永远捆住自己，这种事我绝对无法接受。我是绝对不会做的。”

我和冴子的婚姻始于我卑劣的控制欲，为了维系这份草率的婚姻，我是否尽到了足够的努力？冴子永远不会改变，那是不是只能我来改变，或者从来都只有结束婚姻这一条路？然而，我心里的某个地方，是不是还期待着因为一个契机，准确来说就是因为对我的爱，冴子能自发地做出改变？除了期待之外，我还做了其他事情吗？

“我可能一辈子不会结婚。反正恋爱这种东西我也搞不明白。”

另一边，曾说过这种话的长谷川却被真绫成功改变了，这又是为什么呢？我和真绫，究竟有什么不同？我想大概自己再怎么努力，顽石一般的冴子也不会改变，要和这样的人在一起，我本该做的是什么呢？我切实地感觉到，这个一年来占据并侵蚀我内心的问题，我已经慢慢接近了它的核心。

“既然这样，那由沼田哥来收养吉原，可不可行？吉原虽然现在对椎名移情别恋了，但它最喜欢的还是沼田哥吧。”这回是胁谷将话引向了沼田，语气轻巧得像是偶然间想到了这个点子。话音刚落，沼田没有片刻思考便答道：“没这个可能。”

“我之前就说了，猫是见异思迁的动物。吉原如果有其他好去处，肯定也会立马动身。要我说，这种任性自在的活法，我还真有点羡慕呢。”

“吉原，过来。”沼田像是害羞般小声呼唤道，但呼唤声消融进了吉原所在的漆黑厨房里，只剩下寂静。咯吱，沼田杯中的冰块发出了小小的声响。他的脸上还在嘿嘿笑着，但我总感觉那笑容的背后生出了某种细微的动摇，我没能把话接下去。

不知不觉，已经快三点了。“高原的早晨可舒服了！早点爬起来，一起上阳台吃早餐吧。”椎名留下这句，打着大大的哈欠回了二楼的卧室。余下的三人则在客厅打了地铺。

本以为在持续到半夜的激烈辩论之后，身体肯定很疲惫，但在随意设置的闹钟铃响之前，我就自然地睁开了眼。尚在八月中旬，屋里的空气却有些凉意。睡觉之前，我把厚厚的遮光窗帘拉得严严实实，此时它却被拉开了一半，苍白的微光透过连接阳台的大窗柔和地照在床单上。我支起上半身，让身体稍微适应空气的温度，然后出了被窝。窗外传来轻微的雨声，应该是我们睡下后开始下的吧。胁谷还睡着，我悄悄走到窗帘拉开的地方，以免吵醒他。

我看到了沼田。天上淅淅沥沥下着冷雨，阳台外是一片裸露的褐色土地，再远处有一片针叶树林。向外伸出的屋檐下，沼田坐在一把简易的户外椅上，出神地望着远处的景色。他的腿上没有吉原。他只是独自一人看着风景。莫非他正厚着脸皮等着哪个人——可能的话是所有人——能遵守昨天的约定早早起床，然后邀请他一起喝杯咖啡？不，我的直觉告诉我，不是这样的。

“像我一样，早早退出无聊的人生游戏，在轨道之外舒舒服服地撸撸猫，不是更幸福吗？”

但是他的腿上没有吉原。昨晚，椎名把吉原抱回了卧室，经过这一周，吉原似乎已经把沼田忘得一干二净了。

“猫是见异思迁的动物，吉原说不定什么时候就消失了。”

雨没有丝毫要停的意思，沼田怔怔地望着雨，脸上的表情模糊不清。可有没有可能，这幅画面就是沼田人生的写照？除了抚摸腿上的猫，其余什么都不做，哪儿也不去，他就只能静静看着各种各样的人和事从他身边离去。那腿上残留的温度仿佛幸福的残渣，总有一天也会被早晨冰凉的空气夺走。被抛弃在原地的悲伤——这世上，有抛弃他人的一方，也有被抛弃的一方，多数情况下，我们会在人生的不同时刻站在不同的位置，时而是加害者，时而是受害者。我曾在某个时刻为冴子而抛弃了长谷川，随后却又被冴子抛弃，如今长谷川也即将把我抛弃。

“要我说，这种任性自在的活法，我还真有点羡慕呢。”

哪怕只剩自己也不动弹的沼田是永远的受害者，这样的他究竟又在等待什么？是等待这段孤寂的人生早日终结？还是等待那些曾抛下自己远走高飞的人会回到这样的自己身边？这种事情，想也想不出答案，直接去问又显得多管闲事。

那我自己呢？那些曾经离我远去的人，以及如今全然变了模样、即将离我远去的人，我又希望他们怎么做呢？

雨最终还是没有停，我也没有向沼田搭话，直到椎名下了楼，精神十足地对我说“早上好”。

交叉点的大学生、导师、冴子，还有真绫和长谷川，生活在东京某处的人们还在享受夏天，可我的夏天，却在这个雨天的早晨草草收场了。

*

十月的第一个周末，我在涩谷换乘山手线到目黑，再换乘南北线到白金台……经过数次烦琐的换乘，大汗淋漓的我来到了八芳园，参加长谷川的婚礼。最高气温接近三十度，但我为了婚礼特地做了一套藏青色的厚西装，心想做都做了，就硬着头皮穿了过来。

“哎哟喂，我们这帮人上次凑齐是什么时候了？”

接待处一旁，研讨课的同学们早早随了礼金，聚在一起聊得热火朝天。所有同学奇迹般一个不落，想来全靠了长谷川的人格魅力。在男女老少眼中，长谷川都是一个受人喜爱的角色。这样的男人会和什么样的女人结婚，每次聚会都会成为讨论的一大焦点。

“……总有种‘被逮住了’的感觉啊。”

不知是谁鼓起勇气小声说道，大家都有些尴尬地默默点了点头，然后一群共犯相互传递着眼神，脸上都悄然挂起了卑鄙的笑容。也就是说，大家心里大概都这么想：一边的长谷川毕业于庆应 SFC 的金牌研讨课，进入日本饮料巨头工作；另一边的真绫则毕业于名校殖民地般的女子大学，只配给各种名校的校际社团输送人力，然后在经营无名中小型企业的父亲手底下打打杂，也不知道能挣多少，这样的两人可称不上登对。

“怎么就开始高高在上地评价人家了？真绫是个很好的女孩，你们见到她就知道了。”

最后一个到场却敏锐地嗅到阴暗气息并开口插话的，是冴子。大家的脸上闪过一瞬间的惊讶，却又马上摆出刻意的笑容，说起了“好久不见”的寒暄话。所有人和冴子说话时都没有看向我，而和我说话时也都把目光避开了冴子。聪明的他们没有事先商量过，就找到了与我们两人相处的最优解。

“我打算也叫冴子来。”

给我打电话的是长谷川，他的语气不是商量，而是提前告知一条既定事项。

“嗯，挺好的。你跟冴子关系这么好。”

我很自然地回道，并不是在假装平静。相反，要是因为顾忌我，冴子没被邀请，我会更不舒服。因为这会让我感觉在他人看来，我的结婚和离婚都是错误的决定。

“……不单是这样。”长谷川顿了一下，说道。起初我还没理解他的犹豫意味着什么，但我马上就明白了过来，那是某一种坦白。

“是真绫想叫她。她偷偷跟冴子交换了联系方式，然后让她支了很多招。我也是直到前阵子才知道的。”

在电话里从长谷川口中听到这件事，我情不自禁地感叹：“还有这种事情！”我可不觉得这段失败的婚姻生活对她会有什么帮助，更何况她问的还是天生不适合结婚的冴子，如此低效的做事方法着实惊到了我。

“是啊，我也不明白真绫她费尽心思到底为的是什么。不过话说回来，你不反对就好。我把你们的桌子分开吧？”

“不用了，没必要。我更讨厌别人刻意去顾忌我。不过你也跟冴子确认下。”

经过这番沟通，最后在座位表上，我和冴子不仅被分在了一桌，甚至直接排在了相邻的位子上。

“真绫来向我确认座位，我就跟她说，我完全不介意，把你排在相邻的位子都行。没想到还真是这样啊！”冴子在我边上喝着香槟感慨道。

巧合的是，她穿了与我的西装同是藏青色的长裙。重逢时刻没有一丝紧张和忸怩，让我只想为真绫果敢的决定拍手叫好。冴子那不曾对人讨好的低沉声音，我好像很久没有听到了。她的面容，还是那个周六午后分别时的模样，没有一丝改变。我没忍住瞥了一眼她的左手无名指，没有戴戒指。“你在担心什么呀！”察觉到我的目光，她咯咯大笑起来。

“听说真绫向你咨询了很多事。”我向冴子试探性地问道。

“是哦，刚离婚那个时候，她在 Facebook 上给我发消息，然后加了 LINE 好友。真绫真是个好孩子啊。长谷川真走运，有个这么爱他黏他的女孩。”

据冴子所说，真绫对长谷川的爱，已经到了旁人看了会害羞的程度。当然，这份爱多多少少是因为他作为结婚对象的条件无可挑剔，但真绫对长谷川的性格人品的确也是喜欢得无可救药。

“她说，自己想结婚是因为控制欲。她不允许其他任何人触碰长谷川，想尽早把他占为己有。所以我猜她想问的大概就是，因为这种理由结婚，是不是真的无法长久。确实跟某人一模一样啊。”

也就是说，长谷川告诉真绫我们这对旧侣的怪异婚姻故事，本是想向她征求如何应对这段婚姻的意见，结果事情绕了一大圈，反倒揭露了真绫的本心，让她陷入了动摇。

“原来我的失败是为真绫而生的啊。那我们离婚也算有所回报了。”

我开着让周围汗颜的玩笑话，冴子听了又肆意地大笑起来，然后深深感慨“还真是这样啊”。

“所以，要是有人敢说真绫一句坏话，我坚决抗议到底！可能长谷川没告诉你，他自己对真绫也喜欢得不行呢。我想是真绫那旁人看来卑微的奋不顾身，改变了长谷川吧。”

冴子小声说完，朝着坐在前方高砂[①]上的真绫举起了香槟杯，紧接着一口饮尽。真绫似乎注意到了，在长谷川上司的致辞声中低下头笑了。

“奋不顾身……吗？”我压低了声音，“我本以为自

① 特指婚礼上新郎新娘所坐的座位。“高砂”的说法源自兵库县高砂神社，神社中两棵不同品种的松树在根部合二为一，宛如夫妻。

己也足够卑微，足够奋不顾身，可为什么真绫成功了，我却失败了呢？”

听完我的话，冴子依旧望着真绫，用只有我能听见的声音说：“没办法。谁叫我们两个，都是不会改变的人。”

那之后，我没有再开口说话。

答案就在那里，但我一直对它视而不见。

“我想我什么也不会做。我不会急忙去找它，第二天我还是会坐在同样的地方。谁让我是受害者呢，让受害者去追加害者，哪有这种亏本买卖？”

沼田那番无赖般的话，想必也能套用在我身上。我曾心存侥幸地以为，比起靠真实的自己得到的爱，通过迎合得来的爱是没有价值的，于是我没有为冴子做过任何改变。我明知道再这样下去，我们的婚姻就要面临破裂，可我为了自己，选择了不去改变。我没有去面对她。我的奋不顾身，也许就用在了不去改变、甘心当一个受害者上。

有的人不会改变，抛下别人离去，那是冴子；有的人不会改变，却只是停在原处，愤恨地看着抛弃自己的人渐行渐远，那就是我。我们只能眼睁睁看着这段从一开始就是强求的婚姻，一步步走向必然的死亡。

我对长谷川也是如此，我始终在用对待冴子的方法对待他。我从他身上汲取了充足的爱，当我知道他已经开始改变，却只是站在原地眼睁睁地看。时至今日，我又利用“被抛弃之人的悲伤”云云的受害者意识，舔舐着自己的伤口。先抛下长谷川离去的，实际上应该是我才对。

真绫不一样吗？我想，她身体里也有与我同样卑微的欲求，而且她也明白，凭自己的力量无法改变它。被罪恶感推到崩溃边缘的她，仍想与心爱的长谷川共度一生，于是决定要改变长谷川。她的这种满是私欲的行为，应该被谴责吗？

“我接下来，究竟该去哪里呢？”

我忽然回想起，胁谷在从山中湖返程的车上，又说了这句话——从荒诞的北极熊之旅回来的那天，他也说过一模一样的话。我们带着被他人抛弃的悲伤和对自己的失望，无法迈出脚步。

“哪儿都不去不也挺好的吗？我之前就说了，你太执着于做有价值的人了。在你找到自己该做的事，或者它自动找上你之前，就先舒舒服服地活着吧。”

那是星期天的傍晚，我们在高速公路碰上了拥堵，车子只能一寸一寸往前挪，沼田握着方向盘宽慰道，说的话不像导师，更像是哲学家。但胁谷似乎没有接受这番教诲。

“可是，要是永远找不到自己该做的事，就这么碌碌无为地死了，不是很可怕吗？沼田哥你能受得了吗？”

沼田依旧看着前方，随即镇定地回答：“我这不是有吉原吗？虽然不知道它什么时候就不见了，但现在还能悠闲地撸撸猫，逃避逃避现实，这就足够了。这样一来，就能一直一直等下去了。”

沼田的对策未免太过消极，但胁谷竟有了奇怪的共鸣：“的确，书里也写了，Z世代很关注占星、香薰蜡烛这种触手可及且可持续的幸福……”

我想起了沼田孤身坐在雨中阳台的背影。我想沼田是真心打算照刚才说的那样，度过自己的一生。对于被某个见异思迁的人或是这个世界本身玩弄而搅得心神不宁，他怀有病态的恐惧。尽管如此，他还是爱着与他人、与世界的联系，他无法舍弃这种联系，于是像这样屁颠屁颠地跟来避暑旅行，看到沮丧的胁谷也会给予指点，仿佛自己知道他的伤痛与治疗方法。

我们不是一代人，却负着同样的伤。这伤痛成为我们的共通点，说不定还会生出跨越代际的联结。至少在那一刻，沼田要比我更像一个导师。

“……话说回来，吉原的原型——沼田哥你的那个朋友——到底是怎样的人啊？你只说过他很不要脸。”

胁谷从很久以前就好奇这个问题了。沼田看着前方无穷无尽的车队，说了一句“是啊”，然后沉默了数秒。

“确实是个很不要脸的人。相信自己值得被所有人喜爱，厚着脸皮要别人爱他，结果抛下所有人，自己一个人跑了。”

“这样啊……”胁谷不知是听明白了还是没听明白，闭上嘴刷起了手机。呼噜呼噜——车内只听得到笼子里的吉原那奇妙的打呼声，大家不知是累了还是困了，都陷入了沉默。不知为何，我总觉得吉原就是让沼田变成这样的人，也是他一直盼望的那个人。

和曾经的某场家庭聚会一样，婚礼井然有序地进行着。换装环节之前，新郎新娘走到每一桌拍摄纪念照，向出席婚礼的众人表达感谢。十五分钟后，身着白色晚礼服的长谷川和一袭白色长裙的真绫来到了研讨课同学一桌。“真绫好美！”“长谷川配不上你！”同学们纷纷发出了与刚才截然相反的赞美。我心里一阵厌烦，眼睛却一直注视着这对新人。长谷川好像察觉到了我的目光，也看向我。

一瞬间世界仿佛只剩下我们两个人。但是，我熟悉的长谷川已经不在这儿了。站在那里的，是一个已被彻底改造的男人，他只有一副长谷川的外表，里面早已不是长谷川了。他的身边是真绫，改造他的罪魁祸首。为了不改变自己，同时又能获得幸福，她在经由长谷川的允许后，彻底改变了他。

她将微笑投向冴子，或许只有冴子自己知道那微笑真正的含义。冴子抛下我远去，她会永远为了自己的幸福而活吧。至于我，我无法像长谷川一样改变自己，无法像真绫一样改变别人，也无法像冴子一样永葆高洁，只得孑然立在空无一人的十字路口。这个世界上，无数的人在十字路口交会。有椎名、篠崎以及胁谷所在的十字路口。有沼田、吉原以及那个我不认识的吉原的十字路口。所谓人生，或许就是遇到又穿过一个个十字路口，把谁抛下，不断前行，如此一连串的行为之和。

“今天谢谢你来。今后也请作为我的好朋友，继续祝福我们吧。”

长谷川将右手搭在我的肩上，直直地看向我的眼睛，柔声说道。我也直直地看向他的眼睛。长如永恒的两秒过后，长谷川转过身，将新的笑容朝向了下一桌。我依然站在原地。只有我的视线，像一根怎么都剪不断的线，死死地粘在他的背上。

第四话

二〇二三年

二〇二三年四月，我加入了“杉乃汤未来思考会”。

杉乃汤是一家位于高圆寺的老字号澡堂，最近却举办了 DJ 活动，和生活方式品牌做了联名原创 T 恤出售，在热衷流行文化的年轻人之间渐渐受到了瞩目。

“杉乃汤由我的曾祖父乃木友保于一九三三年创立，今年迎来了创立九十周年。虽然如今的东京一周就会有一家澡堂倒闭，形势相当严峻，但我还是希望这家历史悠久的杉乃汤能够顺利迎接它的创立一百周年，然后继续活到两百年、三百年。所以，各位年轻才俊，请务必助我们一臂之力。”

星期六的早上，“思考会”的誓师大会在开门前摆放好塑料椅子的浴场里召开了。杉乃汤的第四代店主乃木宽人发表了讲话，十几个年轻人聚精会神地听着。

"思考会"是一个志愿者团体，吸纳了一群二十几岁的创作者和工程师，负责策划活动、经营电商网站，协助杉乃汤发展。去年春天，我从明治大学毕业，进入了一家总部位于千驮谷的公关公司，靠着天生聪敏，分内的工作很快便轻车熟路，以至于到了进公司第二个年头，我就早早进入了"过闲状态"。我倒没有特别喜欢澡堂，只是同期进公司的真锅说"说不定会是不错的经历呢"，我便接受了邀请，决定加入"思考会"。

三十四岁的宽人先生从附属小学一路直升到成蹊大学，毕业后曾在多家初创企业就职，两年前接过家族担子，成为杉乃汤的新当家。据说一开始，他还是按照传统方式经营澡堂，直到半年前，他毅然实行了多项改革和尝试，成功吸引了一批新客。这样的经历着实给人一种青年改革旗手的感觉，但他归根结底，还是老牌家族产业的正统继承人。杉乃汤相当大的一块地皮为乃木家所有，他温柔的下垂眼和有福气的面相，还有自始至终柔和的语气，无一不透露出他优渥的出身。

"那么，就由我来介绍具体有哪些活动。思考会的工作，一方面是进一步拓展之前宽人先生和我两人开展的活动，另一方面是着手之前力所不及的自媒体和实习项目……”

应该是杉乃汤的工作人员吧，一个站在宽人先生身边的男人突然插话，侃侃地介绍起未来的活动频率、联络方式等。男人穿着雪白的亚麻开襟衬衫，清晰的思路和伶俐的口齿给人留下了很深的印象。看到宽人先生在一旁双手抱胸，一脸放心的模样，他应该是一个深得宽人先生信任的参谋角色。

“啊，不好意思。忘记自我介绍了，我叫沼田，是去年年末加入杉乃汤的。请大家多多关照。”

男人的双眼笨拙地开了又闭，忽然胡乱地取出了隐形眼镜。“不好意思，还不太习惯。”他平静地说完便陷入了沉默，用他充血的眼睛直直盯着指尖揉成一团的隐形眼镜……然而这期间，他的脸上一直保持着不合时宜的爽朗笑容。

*

“呼——今天也好舒服啊！我也去过不少澡堂了，还是杉乃汤最舒心。这是为什么呢？难道真是因为顾客群体不一样？”

第二天是星期日，下午协助杉乃汤集市活动的工作结束后，我和真锅决定在参加庆功会之前先泡一个澡。真锅平时就是一个“热衷流行文化的年轻人”，从中餐厅、自然酒[①]，到City Pop、Y2K时尚，只要是与流行文化沾边的，他都会逐一尝试。直到去年他还在热衷桑拿，而当桑拿风潮席卷了整个社会，他立马丧失了兴趣，把目光转向了澡堂。“你住在高圆寺居然不知道杉乃汤？那你的人生真是白活一半了！”把这家澡堂介绍给我的，正是他。

从高圆寺站北口步行约七分钟，来到一片安静的住宅区，杉乃汤就坐落在这里。东京都内的不少澡堂都开在大楼或公寓的一层，杉乃汤却是宫殿风的木制平房，给人一种神社佛堂之感。高高的天花板刷着白漆，为疏散热气开了天窗。阳光穿过窗户，照在刷得闪闪发亮的地板和墙壁雪白的瓷砖上，水面上升起的一颗颗水汽也微微发着光。

如此美丽的澡堂今天也几乎满客。客人鲜明地分为两个群体，一边是住在附近的老年人，另一边是像真锅

---

① 在葡萄种植和酿造过程中不添加任何化学物质的葡萄酒。

一样追赶潮流专程而来的年轻人。近来，很多澡堂里都挤满了为桑拿而来的年轻人，但杉乃汤没有桑拿房。浴池的种类也只有招牌的牛奶浴（并非真的有牛奶，只是因为入浴剂里掺了凡士林和矿物油，让水看着像牛奶一样乳白混浊）、温度较低的温浴和冷水浴。不过，老年客人们静静享受泡澡的氛围感是什么都无法取代的，我自己每周也会来上两三次。最近，因为年轻客人的增加，环境变得有些嘈杂，我好多次见到老人们在休息区抱怨“还是以前更舒服”。

虽然没有开口表明，但我认为真锅提出一起加入“思考会”，想必是因为我们都有着某种焦虑。头脑聪明的我们从大学毕业后刚刚工作了一年多，就早早舍弃了“未来无限大”的幼稚想法，相当准确地算出了自己人生所剩可能性的总量。我是明治大学的毕业生，真锅则毕业于立教大学。我们两人都被第一志愿的广告代理公司拒绝，进入了现在这家保底的公关公司。工作第一个年头，我们喝酒时自然会聊到换工作的话题，招收第二应届生的都不是什么好公司，待在现在的公司呢，能拿到的年收入和能做的贡献看看前辈们的状况大致也就心里有数了。可是，我们作为最近流行的Z世代当事人，却没有生出对社会的愤怒和投身社会活动的意愿。

我们很焦虑。我们的人生，至少到大学都不算差，却因求职失败而急转直下，这让我们无比焦虑。我想正因如此，我们才加入了“思考会”，希望通过这儿的活动在澡堂营销这个小众市场做出成绩，登上广告行业杂志，或是机缘巧合之下偶得贵人提携，像宽人先生一样走上经营澡堂之路。总之我们四处寻找着某样东西，以求推翻我们基于理性推断的未来图景，让我们能够在未来发挥出自己原有的可能性。

“哦？这不是‘思考会’的朋友吗！请你们喝杯精酿，怎么样？”

我们出了浴场，在前台和宽人先生站着聊了一会儿，正巧碰上唐泽先生拨开男浴池的门帘走了出来。我和真锅接受了他的好意，一起低下头表示感谢。六十七岁高龄的唐泽先生是土生土长的高圆寺人，为人直爽，我们刚加入杉乃汤时，他就会在休息区和我们打招呼，说不久前见过。他总是一身美式休闲打扮，如同老电视剧里木村拓哉穿的那样，给人一种怀旧的感觉。应该是为了遮盖白发，他将薄薄的一层头发染成了棕色。今天他也一如既往，穿了轻微做旧的破洞牛仔裤和黑色T恤，外面披了一件粉紫色格子衬衫。

“也只有唐泽先生了，不仅不生气我卖精酿啤酒，还会每天喝上一杯。钱怎么付，还是用乐天Pay[①]吗？”

闻言唐泽先生“嗯”了一声，驾轻就熟地将最新款的iPhone贴在了支付终端上。“哔”，一声清脆的电子音响起，唐泽先生给我们一人递上了一罐冰镇的精酿啤酒。这种设计花哨的精酿啤酒一罐竟然要七百日元。据说这是青梅一家老字号酒窖的新产品，宽人先生在某次学习会还是交流会上，认识了这家酒窖的第八代店主，被推销了一番后就决定进货。不过遗憾的是，几乎没有人愿意买它。

“阿宽真是了不起啊。多亏这电子支付，我再也不用带钱包出门了。前台那群老太婆总抱怨‘要学要记的新东西这么多’，没一个不反对的，引进过来费了不少劲吧？传统产业和老字号要是抗拒变化，可就没有未来了。那些老家伙还能活几年都不知道，别管他们，尽情

① 由乐天集团开发运营的电子支付服务。

地尝试吧！这也是为了杉乃汤能继承到第五代啊。”

唐泽先生饱含热情地说着，拉开了拉环。看来他在老主顾里面算得上数一数二的改革派，只见他左手叉腰，咕咚咕咚喝着精酿啤酒，仿佛在炫耀这个事实。宽人先生看着这样的唐泽先生，苦笑道：“您可真性急啊。”

宽人先生的妻子与他同岁，两人上学时就结了婚，但一直没有孩子。第三代店主文子女士（也就是宽人先生的母亲）仍处于当打之年，精力充沛，宽人先生也并没有“孩子出生了，发觉如果在初创企业打拼到深夜，就无法兼顾家庭”这样典型的人生故事。至于他为什么会回家来，我在某篇采访报道中读到过，好像只是因为朋友说“继承家业也太感人了吧，而且还是澡堂”。总而言之，最终宽人先生在杉乃汤背后建了一套二世同堂的住宅，和父母妻子住在一起，就这样在离家步行十五秒的杉乃汤开启了自己的第二人生。

只是，我从没见过宽人先生忙碌工作的样子。每天午后，他都会到后头的员工休息室，确认前一天的营业额，做些简单的事务性工作，然后留下一句“今晚要跟著名地方振兴计划的负责人吃饭”就高高兴兴地走了。

像刚才唐泽先生夸赞的引进电子支付，还有宽人先生以一副“全都是我做的”的模样在各路采访中讲述的杉乃汤的种种尝试，究竟都是谁的功劳呢？

“对了宽人先生，我们打算加入自媒体团队。我们在公关公司工作，对于提升客户企业的品牌价值很有经验，我想这些技能和知识，在文案方面一定也能有所作为。我想要竞选主编一职！”

或许是高度数的精酿啤酒进肚壮了胆，真锅把一份满是英文、煞有介事的报告甩给了宽人先生。

“哦，好呀！自媒体是之前一位很有名的创意总监建议我做的，我自己也想做很久了，有人支持可太好了。澡堂自媒体的形式闻所未闻，一定会成为日本首创的有趣尝试！”

宽人先生温柔的鼓励让我们心中越发充满了期待。在这之后的例会上完成了团队分配，包括我和真锅在内，有四名成员加入了自媒体团队。经过讨论和猜拳，最终真锅顺利当上了主编，他气势昂扬道：“大家齐心协力，做一个名留青史的自媒体吧！”

*

从这一天开始，思考会的工作正式启动了。除了每周六早上举行的全体会议，每个团队也会视情况开一些自主会谈。我们自媒体团队在真锅主编的领导下，在高圆寺的各种酒馆举行名曰“头脑风暴”的聚会，根据想到的点子各自撰写文案，然后相互分享，工作如火如荼地开展了起来。

“说真的，让我这样的人来当出头鸟真的好吗？我和沼田商量要做自媒体，也并不是为了自家的品牌推广，真正的目的是想做一个公共媒体，让整个澡堂行业焕发生机。”五月的第一个周末，天气晴朗，开门前的浴场成了采访现场，宽人先生穿着一件法被[①]，衣领上印着“昭和八年创立 高圆寺杉乃汤”，害羞地笑着说道。

一手拿着笔记本的真锅一副万事俱备的模样，以电影主角说名台词的口吻回道：“放心，我可不会过度宣传哦。您给这个自媒体取名‘明日澡堂’，我真的非

①日本传统的轻便短外衣，多在节庆等活动上穿着，衣领和后背通常印有字样。

常喜欢。澡堂经营者、澡堂写手，以及男女老少的老主顾……把这些与澡堂息息相关的人们的声音收集起来，从中寻找澡堂的未来——怎么样，从媒体的角度来看，没有比这更完美的故事了吧？”

看到真锅扬扬得意的表情，我差点笑喷出来，但的确如他所说，这是一个完美的故事。宽人先生也深有同感，满意地说：“不错啊！有意思，就这么干！”

真锅：那么接下来……可能有朋友是第一次见宽人先生，请您先做个自我介绍吧。

宽人：我是乃木宽人。是高圆寺这家九十年老字号澡堂“杉乃汤”的第四代店主。最近，我把自己称作CSO。

真锅：CSO是什么意思呢？

宽人：是Chief Storytelling Officer的缩写。一个做组织咨询的朋友把这个概念介绍给了我，我虽然不太清楚它的原意，但在我的理解中，它的职责就是把杉乃汤，不，把澡堂的根本价值传递给世人。

真锅：那么在您看来，“澡堂的根本价值”究竟是什么？

宽人：澡堂是一个十分平等，可以说非常扁平的地方。无论你厉不厉害，强不强大，进了澡堂，大家都是赤裸的泡澡客。暂时忘却曾经的经历和社会地位，泡在干净舒适的热水中，手机丢在一边，不去想过去，也不去想未来，安安静静地发一会儿呆。我认为有了澡堂，说极端点，战争都能从这个世界上消失。

真锅：战争？

宽人：是的，再怎么相互对立、相互憎恶的两个人，只要进了澡堂，享受一段悠闲的时光，在浴池里聊些有的没的，也许就会发觉争斗是最愚蠢的事情——我是真心这么想的。所以，每当有人问起“你想通过杉乃汤实现什么”，我都会严肃地回答“世界和平”。可哪家媒体都不把我这句话放进报道里。(笑)

真锅直到刚才还能勉强跟上对面的思路，但面对宽人先生过于发散的逻辑思维，此时他已经不知如何接茬，焦急的眼神投向我这边，似乎是在求助。但我也不知道该如何收拾这样的局面。浴场里弥漫开一阵尴尬的沉默。

“……宽人先生，请看这个。”

此时将一张 A4 纸递过来的，是沼田。方才他一直站在浴场的入口处，双手抱胸默默关注着采访，但看来他也无法忽视如此怪异的气氛，终于伸出了援手。我瞧了一眼递给宽人先生的那张纸，上面整齐地印着真锅提前准备的问题，还有宽人先生应该回答的内容。

“啊，沼田，真不好意思。因为是自己人采访，就太放松了。我果然不善言辞。真不配当 CSO 啊！”

宽人先生一脸抱歉地挠挠头，似乎是在认真反省，又说了一句“谢谢啊，总是麻烦你”。沼田的脸上还是一如既往爽朗地笑着，朝宽人先生微微颔首。有了作弊小抄的帮助，采访一下子顺畅了起来。

“话说沼田哥真厉害啊。从营销到现场处理，没他不会的！果然曾经的帕森斯新人奖得主就是不一样。杉乃汤这半年实行了那么多新举措，新增了那么多年轻客人，也全都是沼田哥的功劳吧？”

约一小时的采访结束后，除去要和妻子外出的宽人先生，全体成员来到车站边的冲绳料理店举行了庆功会。真锅似乎立马成了沼田的粉丝。听到真锅这一番夸赞，沼田依旧一副爽朗的笑容，谦虚地回答道：

“好了打住吧，我会害羞的。虽然动手干活的人是我，但指引方向、做出正确决策的是宽人先生，因为有他，我才能实现这些改革。说起来，我还要感谢宽人先生呢。多亏了宽人先生，我才能成为理想中的自己。”

沼田加入杉乃汤的前后经过，真锅在誓师大会当天的聚会上就询问了他本人。对此沼田只说了一句：“去年秋天，公司环境发生了一点儿小变化，然后我就轻而易举地被击垮了。”沼田说得若无其事，脸上依然保持着一如既往的爽朗笑容。真锅见状也无言以对，再没有追问下去。只是不管原因为何，沼田在去年十一月辞职离开了帕森斯人才经纪公司，还不得不搬出了原来的合租公寓。那之后，他就住进了高圆寺边上一间没有浴室的公寓，开始全心全意为杉乃汤和宽人先生工作了。

不论是举办集市、成立电商网站、预约DJ驻场，还是销售精酿啤酒、引进电子支付，都是身为CSO的宽人先生觉得“挺有意思”，随口说了一嘴，然后由沼田一一整理，才变成了现实。思考会成立之后，有些工作没分配出去，他也会一个人揽下来，总之十分辛苦。

我们开通自媒体时，也是沼田说“我比较了成本和自由度，觉得还是 note[①] 的企业计划最合适。宽人先生那边也同意了，接下来由我办理申请手续”，为我们做好了万全的准备。

这样的日子本该令沼田十分劳累，但他的脸上始终洋溢着笑容。那张笑脸，甚至有种机器人的感觉。

我不止一次察觉到，那笑容的深处有一片蠢动的阴影。比如，发生过这样一件事。某个周六午后，我和真锅泡完澡，坐在休息区享用精酿啤酒，突然一个说唱歌手似的男人走了进来。

“宽人在吗？我们约了今天见，是他把我叫过来的。”

男人的古驰渔夫帽下面耷拉着烫过的长发，脖子上挂了一根很粗的金链子。男人看起来和我们一般年纪，兼职的前台阿姨听他这么自来熟，有些不知所措，我和真锅对视一眼，站了起来。

首先是真锅小心翼翼地试探着问道：“不好意思，您是哪位？宽人先生和网红事务所的人出去吃午餐了，

① 一家可供用户发布文字、图片、音乐、视频等形式作品的网站。

目前还没回来。”

“啊？那家伙搞什么啊。就因为他叫我下午一点来，我可是大老远从青梅赶来的！还有谁是管事的，给我叫个过来！”

看来他不是什么说唱歌手，而是青梅那个给宽人先生供应精酿啤酒的酒窖继承人。他的说话方式确实不礼貌，但从他展示的LINE聊天界面来看，宽人先生的确约了他商量啤酒供应的事。可是宽人先生那边没有任何消息，我们需要一个人来单挑因正当理由而怒火中烧的说唱歌手，于是急忙跑进了员工休息室。

“咦，发生什么了？火急火燎的。”

我们看到了上天派来的救兵，沼田正在用电脑工作。真锅一把抓住沼田的肩膀，大叫道：“别管了，请快来前台！”有他在，我们一定能轻松渡过这个难关——我们对此深信不疑，悬着的心彻底放下了。

“……啊？你刚才说什么？”

“我说了，我什么也决定不了。我没有决定权，不好意思。您要不等宽人先生回来，要不就请明天再过来一趟吧。”

那是一场没有尽头的争吵。不论说唱歌手如何逼问，沼田就像一个坏掉的玩具，只是一味重复着“我决定不了”“我决定不了”。“你是脑子烧坏了吗？”说唱歌手的愤怒终于化作了厌烦，转身离去了。

“好厉害！这是沼田哥高级战术的胜利啊。假装自己是没有决定权的角色，成功把说唱歌手赶回去了！”真锅兴奋地说道。

可一边的沼田似乎在与说唱歌手的对峙中消耗了超乎预想的能量，他的笑脸不停痉挛，又开始像坏掉的玩具一样低声重复“对不起，不是这样的。对不起……”我和真锅都不知该如何应对这样的异常状况，只能在一旁望着沼田的身影。

事情发生的后一周，下班后我一个人来到了杉乃汤。我快速洗好头和身子，进入浴池，混进了先到的老年人中。这时，沼田从更衣室那头走了过来。他似乎没注意到我的存在，面无表情地坐在冲澡区的椅子上开始洗头。我远远看着他用水压很小的花洒冲掉头上的洗发水，然后突然朝着镜子笑了笑，仿佛是在练习平时的“笑容”——我感觉自己看到了不该看到的东西，为了避免被沼田发现，我穿过位于视觉死角的对侧冲澡区，逃回了更衣室。

“然后我就轻而易举地被击垮了。”沼田的声音在我耳边响起。

他到底是因为什么原因、被怎样击垮的，他的心又因此变成了怎样的形状？他执着于病态般的奉献，将自己过人的才能全部用来为那位CSO保驾护航，可在此之前的他，又是怎样一副模样？

“多亏了宽人先生，我才能成为理想中的自己。”

那么，让沼田不惜在镜前反复练习，戴上虚假的笑脸，也想在与宽人先生交往中实现的“理想中的自己”，究竟又是怎样的自己？宽人先生和沼田——两人的关系看似美好和谐，深处却隐藏着扭曲的因子，这不可抗拒地引起了我的兴趣。

*

“现在江户川区很火！”真锅兴冲冲地告诉我这个消息。“那些满口East东京[1]，推崇清澄白河的咖啡馆、

---

① 指东京城中心东侧区域，因咖啡馆、杂货铺等“宝藏小店”而获得人气。

藏前的皮革小物店的人，早就过时了。真正的潮流在荒川对岸。那里既有值得一探的澡堂，说不定还能找到自媒体的素材。要不要一起去？”

被好友如此信心十足地鼓动，我也不得不跨过荒川一探究竟了。星期六中午，我乘坐直通东西线的总武线，花了四十分钟来到了西葛西站。

真锅事先没有告诉我当天的行程，只是说“到了就知道了”。下午一点，我和真锅在西葛西站会合，他带我去的第一站不是澡堂，而是海边的一个巨型高尔夫练习场。

“我想来这儿好久了。东京都里就属这儿最大最开阔。好多人都在 Instagram 上晒。来吧，拍个视频。”

真锅把手机交给我，用一记外行看来也很不标准的挥杆，将高尔夫球大力击飞到了场地右侧。听说他下个月就要迎来自己的首轮比赛，看这个样子，不知道会打出多么难看的分数。

“不过话说，你怎么突然开始打高尔夫了？我一直以为高尔夫是中年人的运动。”

“这就叫复兴啊，复兴。只要是好东西，潮流绕一圈还是会回来的。你看中餐厅和 City Pop 不也是这样？精酿啤酒不也是泡沫经济时代的地啤[1]又复活了嘛。”

想必他相信曾经被视作正确的东西都具有普遍的价值吧。或许这其中也有偷懒的心理，与其费力气寻找价值还未被认可的东西，还不如把历史证明好的东西再捡起来，我在心里恶意揣度道。

“不过上次宽人先生的采访，真是不知所云啊。还说什么世界和平！许多澡堂经营者都在说，自从宽人先生来了，杉乃汤就走入歧途了。经过那次采访，我也算是明白了。都是因为那个人的出现，把 CSO 的蠢点子全部当真，还全部完美实现了。宽人先生真可怜，这不就是‘皇帝的新装’嘛。杉乃汤的魅力啊，就是那些将死的老头老太安安静静泡澡的那种悠闲感，搞什么博人眼球的集市、DJ 活动，一家历史悠久的澡堂，就该正大光明地用澡堂的传统竞争！”

或许正像真锅说的这样，被各种所谓总监、负责人忽悠的宽人先生，和对他唯命是听、从不怀疑合理与否的沼田。在这对从各种意义上都堪称“绝配”的组合手

① 由特定地区生产的啤酒，多融入当地文化和特产。

中，曾经的杉乃汤正在走向死亡。

“文子你也是，该敲醒阿宽了。还有那个什么精酿啤酒，也就唐泽会喝，完全是在玷污杉乃汤的历史啊！”

“是啊！唐泽可能喜欢穿不合身的美式休闲装，假装自己年轻，可不是所有人都像他这样呀！我们也活不长久了，至少还活着的这段日子，希望杉乃汤还是原来的样子啊。”

我已经不止一次见到文子女士在前台支着脑袋，听老主顾们向她诉苦了。文子女士每次都是一脸不耐烦地说：“好啦好啦，我已经把澡堂完全托付给宽人了。”

老年人之间似乎正在出现小规模的对立。而同样的对立，也在我们年轻人中间出现了。

“正因为没有桑拿，杉乃汤才有这样安静的氛围，这是特色。”

“我认为老字号澡堂根植于当地土壤，今后也必须重视优质的社区联系。”

“是啊，二〇一〇年代大家都在鼓吹变革，说什么‘不变就是最大的危机’，但从今往后，也许不变的东西才能产生价值。”

思考会成立之初，大家受宽人先生影响，都想尝试新事物，但随着对澡堂的思考逐渐深入，越来越多的声音认为“需要重视澡堂的传统价值”。而走在最前列的，就是真锅。

“澡堂说到底是文化，可不能迎合年轻人和媒体。杉乃汤可是历史悠久的老澡堂，宽人先生身为第四代继承人，得有足够的觉悟啊。哦对了，接下来要去的喜乐汤，是‘汤狂老人卍’在博客上盛赞的超古典派，你一定会大受震撼的。”

“汤狂老人卍”是真锅追随的一个著名澡堂博主。其特点是无孔不入的荤段子，以及如同风俗店测评般的文风，由此受到了部分澡堂爱好者的狂热追捧。长相和年龄没有公开，但此人自称“小生”，简介里写着“爱好是去立食荞麦面店和 AV 女星签名会”，让人不禁猜测会是个难缠的老头。

从高尔夫练习场步行约十五分钟，就来到了喜乐汤。这是一家与杉乃汤同时期创立的老字号澡堂，同样没有桑拿房，其卖点是含有各种有机物、被称作“黑汤”的天然温泉。

“哎，这黑汤挺浓啊。大田区有许多这样的温泉，没想到在这儿也有。'汤狂老人卍'果然值得信赖。身体被温和的热水紧紧裹住的感觉很美妙，当地老人像修行一样泡澡的安静氛围也很棒……澡堂还得是克制的、古典的啊。”在前方十厘米都看不清的浴池中，真锅双手掬起漆黑的热水，发出了赞叹的声音。

的确，浴场里只有老年人。所有人都闭目低头，与其说是修行，倒更像在接受某种刑罚。环境中仿佛感觉不到一丝生机。

没有窗户的浴室有些昏暗，可能是因为打扫不及时，地上滑溜溜的，冲澡区的排水孔处卡了几片白色塑料袋残片，像是用来装一次性牙刷的。仔细一看，黑汤水面上漂浮着头发和头皮屑似的异物。我突然觉得自己置身一个肮脏至极的场所，一秒钟都待不下去了。我望了真锅一眼，他也是一副有苦欲言的神色，刚才的赞赏之情不知何处去了。我们便早早走出了浴池。

准备离店时，柜台前站了一个看着很闲的男店员，我们上前搭话道：“您好，我们是高圆寺杉乃汤的工作人员。”他的年纪看着和宽人先生差不多，但身材微胖，毛孔粗大，俨然有脱发的迹象，所以格外显老。

“啊，杉乃汤的。听说你们最近迷失方向了！澡堂总归是不赚钱的，还是放弃无用的挣扎，像我们一样改成公寓吧！”

自称宫木的男人是喜乐汤的第四代店主，他毫无顾忌地道出了这个惊人的事实，说话时还带着吸气式的笑声。

“什么，喜乐汤要停业了吗？”

“嗯，虽然我那肾癌住院的老爹不同意，但我已经跟公寓方说好了，等他老人家死了就卖掉。所以这个澡堂最多也就剩一两年了。到时候，我就拿着不劳而获的钱，去夜店玩个够！羡慕吧？”

听到宫木得意的话语，真锅无言以对，姑且反驳了一句：“别呀……这里可是澡堂文化的遗产啊，太可惜了！”闻言，宫木的脸色突然不悦起来。

“什么文化，我才不懂呢。有的餐厅不也这样吗？马上要倒闭了，突然一群见都没见过的客人拥到店里来，说什么很爱这家店，太可惜了。局外人又不用负责任。对我们来说，这可是吃饭的家伙啊，哪轮得到你们指指点点！”

宫木眼看已经有些生气了，我们便在他的怒气值到达临界点之前，慌慌张张地逃走了。

时间还不到下午五点，真锅说“这样回去也太扫兴了”，我们就决定顺路去一趟喜乐汤附近的花田汤。

花田汤可以说与喜乐汤截然相反，年轻的第三代店主曾从事时装工作，继承澡堂之后通过众筹筹集了资金，和从事时尚咖啡厅设计的年轻建筑师联手，将拥有七十年历史的澡堂彻底改换了模样。如果宽人先生和沼田未来还要继续改造杉乃汤，最终可能就会变成花田汤的样子。当然，“汤狂老人卍”对花田汤的评价是最低一档的。

穿过完全由混凝土打造的大门，前台边上是一排精酿啤酒的龙头，对面甚至还有设备齐全的DJ台。“听说周末晚上有街区派对。”真锅兴奋地说，但其实他自己也不太懂什么叫街区派对。浴场尽可能关闭了照明，显得有些昏暗，绿色和粉色的灯光透过池水摇曳，仿佛身处趣味低级的俱乐部。除了配备桑拿石的标准桑拿房，还有让人打颤的冷水浴，躺椅随处可见。或许是因为引进了这些年轻桑拿爱好者所需的设备，这儿的客人看上去全是大学生和年轻上班族。“哎呀，不喜欢这儿的人还是退出桑拿圈吧！”这样的评论倒还能忍受，但听到几个男人咯咯笑着，说自己被约会软件上的女人传染了性病，我不禁倒退了几步。一个可怜的老爷爷似乎误以为这里是传统澡堂，来错了地方，朝男人们怨恨一瞥，便垂头丧气地离开了。

“我也有点不知道什么是对的了。以前觉得澡堂要各式各样才好，一家倒闭了换一家就行，但如今站在澡堂经营的一方，一切都变得复杂了。如果学喜乐汤保持传统的风格，客人只会越来越少；如果学花田汤完全转向年轻顾客，或许能够存活下来，但从继承澡堂文化的角度来看，是否正确就不好说了。宽人先生迷失方向，也是因为这样苦恼了很久吧。”

花田汤之行令我们的心绪愈加烦躁，出了澡堂，我们在便利店买了罐装啤酒，边喝边散步。傍晚七点多，太阳已经基本西沉。我们漫无目的地朝西边走去，不知不觉间，已经走在了荒川的桥上。入梅前的风还很清爽，拂过我们散发着肥皂香气的皮肤。

“咦，那是丰洲吧？看，那团光的地方。高层公寓林立的街道，也会有澡堂吗？”真锅依旧散发着消沉的气息，闷头往前走，我则把手指向河对岸，漫不经心地说道。

“丰洲吗？”真锅嘟囔了一声，突然转过身来，“你提醒我了，我听说丰洲2号店的传言了。你有什么消息吗？”

“什么消息不消息的……2号店，什么的2号店？”

“当然是杉乃汤的啊。澡堂圈的人都在传呢，杉乃汤要在即将开业的大型亲子购物中心里开分店了。”

*

和去年一样，今年也是干黄梅，但这天少见地从早晨下起了小雨。很久没有一个人过周末了。真锅周末加班，要出席他负责的客户的活动，虽然有大学的朋友邀请参加聚会，但我想偶尔清闲一下也未尝不可。于是我在家做了大扫除，又看了会儿书，但到了下午四点就无事可做，最后还是撑起伞，像往常一样来到了杉乃汤。

“咦，很少见啊。今天没跟真锅一起吗？”

在冲澡区向我搭话的是宽人先生，看样子刚洗完头。他的身边还有沼田。“今天我和沼田两人出去办事，就说好回来一起泡个澡。”两人先一步进了牛奶浴，我也急忙洗完头和身子，泡了进去。我看了看浮在水面上的几张脸，今天杉乃汤的客人依旧分成了老年人和年轻人两拨。宽人先生特备的精酿啤酒虽然不受高龄主顾们的待见，周末特地从下北泽、学艺大学这些潮流之地来的年轻人却非常中意，因此销量还算不错。

“对了，我听说西葛西的喜乐汤，过段时间就要停业了。说是改成公寓。”我偷瞄着宽人先生的脸色说。

“我也听说了。店主宫木先生说最近没有新客人来，营业额也直线下滑。可惜了这么个好澡堂。”

宽人先生听上去是真心感到惋惜。万幸的是，性格直率的他似乎还没意识到我的意图。沼田没有说话，脸上依旧是爽朗的笑容，于是我决定向宽人先生坦白这几天来一直想问的问题。

“您还是觉得不改变杉乃汤是不行的吗？有些老主顾和思考会成员好像认为传统的澡堂更好，不变的东西才有价值。”

对于宽人先生而言，这无疑是不愿听到的话。但是我确信，他不会随便拿些话搪塞过去。宽人先生肯定不会在这种场合说谎。因为我们现在所在的，是一个十分平等、非常扁平，甚至能消灭战争的魔法般的地方。

“这个问题很难回答啊。”宽人先生的神情看上去有些为难，这就证明他在真诚地面对我的问题吧。沼田依旧自顾自地咧嘴笑着。短暂的沉默过后，宽人先生张口了。好的，这样一来，宽人先生迄今迷茫的原因就要真相大白了……吧？

“实话实说，我仍不清楚该怎么做。所以就先参加了学习会、派对，拓宽人脉，把不同人给我的建议挨个儿尝试一遍。我也担心会有人说我迷失方向，没想到真是这样。对了！正好问问你，你觉得杉乃汤未来该怎么办？说来让我听听，说不定能给我灵感！”

我体内的力气一瞬间泄光了。宽人先生两眼放光，一定是真心想从我这儿获得些新鲜建议。我毫不掩饰失望之情，方才一直沉默的沼田看不过眼，带着招牌的笑容，又来给宽人先生善后了。

“你听了刚才的话，是不是在想，这个人太不认真了？自己一点儿不思考，被别人的意见牵着走，然后把结果都怪在他们头上，从而保护自己内心的纯洁。”

听到沼田突然吐出这般尖锐的话语，我震惊地盯住了他。本以为宽人先生多少也会受到打击，但他的脸上依旧是自然的微笑。沼田缓缓接着道，像是要点醒我：

“不是的。这是一个温柔的人，他被人们真诚地爱着，幸运地从未被击溃过。他永远无法决定什么是对的，优先考虑谁，又要舍弃谁。所以他说的东西总是那么温柔，却又总是那么难以实现。而努力实现它们，就是我的工作，也是我的人生意义所在。”

他的目光没有看向任何人。我知道他不是在对我说话，而是对着另一个人，抑或是对着他自己。

“而且，说‘别改变’这种话，也太不负责任了。我大学时认识的一个人，做的生意简直是吃年轻人的人血馒头，听说最后恶行败露了，到如今根本不知道他在哪儿，做什么，也联系不上。当初要是有人制止他，改变他，也许就是另一种结果了……”

沼田说的，仿佛是他自己的回忆，并非对我的疑问的正面回答。但其中有种不可思议的说服力，让我放弃了继续问下去的念头。我们三人就这样并排坐在一起，默默地泡在热水中。

沼田是在清楚宽人先生恣意的性格之后，才追随他的。或者说，也许正是因为宽人先生是这样的人，他才选择将他作为自己“被击垮”后奉献余生的对象。其中的原因，是否就藏在沼田的某段过往中？然而，我到最后都没能将它问出来。

泡完澡出门时，雨已经停了。天气微阴，远处的太阳还没有落下，杉乃汤前的小巷仍有些亮光。被雨打湿的小巷中，模糊不清的电视声，油炸食物噼里啪啦的声响，朝着电话那头说个没完的话音，两旁人家传来的各种微小的声音，流露出素未谋面的人们实实在在的生活痕迹。

他们究竟是怀着怎样的心情生活的呢？我忽地想。年轻的我们为了一个澡堂就如此烦恼、困惑，四处奔走。有朝一日，我们也能摆脱这看似无尽循环的迷茫与困惑，拥有安宁的生活吗？如果迷失方向是因为年轻，我们何时才能丢弃它，或是失去它？那之后的生活，真的就只有安宁了吗？不知不觉间，我停下了脚步。但是，当我想着“走吧”，双脚竟又能极为顺畅地迈开，带着一种油然而生的奇异安全感，我朝家的方向走去。

*

妙龄少女们在入口处叽叽喳喳卖着蔬菜，据说叫什么集市。这可是神圣的澡堂！不是女孩子过家家的路边摊……

泡完澡最宜喝冰。沾满水珠、又滑又亮的罐

子！吸溜一口，小生呛得窒息。这，这是何物！据说叫精酿啤酒。光是苦不拉几，谁能喝下去。男人就该闭嘴喝札幌啤酒！[①]

刚刚进入七月，“汤狂老人卍”的博客前所未有地爆火了。内容指向的，无疑就是杉乃汤。“汤狂老人卍”平常在江户川区和墨田区一带活动，不知是不是听说了宽人先生澡堂改革的传闻，千里迢迢远征到了高圆寺。忠爱传统澡堂的他，定是无法容忍杉乃汤正在变成一家赶潮流的澡堂。文章最后写着“请务必赐小生机会，与杉乃汤的各位共话未来”，一如既往地希望举行公开讨论会。这是他的惯用伎俩，为的就是把自己看不惯的澡堂彻底击溃。

“同感。虽然最近没怎么去澡堂，但还是希望能保持原来的模样。”

“这与当今的社会趋势不也有共通之处吗？嘴上说着数字化转型，把老年人都给撇下，这种风气真是受够了。未来是逆增长的时代，大家都应该平等地变穷。”

---

① 20世纪70年代札幌啤酒的广告宣传语。

起初我以为大部分人是被他独特的文风吸引来的，但从评论区来看并非这么简单。“汤狂老人卍”的博客让人们认清了事实，那就是有相当多的人不希望看到澡堂的变化。

另一边的宽人先生，则似乎对这些社会的声音充耳不闻。

“精酿啤酒浴，怎么样？前几天，我和青梅酒窖的第八代店主通宵畅饮，结果对方同意把原本打算废弃的试验品啤酒，和制酒过程中产生的大麦、啤酒花的残渣提供给我们。我想要借这个机会，让精酿啤酒更贴近人们的生活，一举成为老年客人们泡澡后的必备饮品。”

例会上宽人先生侃侃而谈的计划，根本就是某次唐泽先生一时兴起的想法。居然如此堂而皇之地照搬别人的想法，真是头一回遇到。许多成员干笑着，心想“不会吧”，还有的人直接歪头表示怀疑。如果老主顾们看到了精酿啤酒浴这样的奇观，想必也会是类似的反应吧。

虽然宽人先生是这副样子，但那篇博文和它引发的讨论，他还是知道的。

“那篇文章我也看了。生气是肯定的，不过他的观点，大家或多或少都是认同的吧？我也有种‘听君一席话，胜读十年书’的感觉。要不我把‘汤狂老人卍’叫来，和老主顾们，和大家一起聊聊吧？然后把这次交流写成报道，让世人也想想，澡堂的未来该走向何方。”

宽人先生提出如此风险重重的计划，到底是出于什么考虑，我完全猜不透。他这样一个温和的人，也不会想在大家面前把可恨的匿名澡堂博主痛扁一顿吧。难道他是真心想听听那个缺乏教养的博主的意见吗？

“文子女士兴许是把这当作了经营丰洲 2 号店的训练，所以才放任宽人先生的种种古怪行为。你想想看，文子女士负责 1 号店，即便入不敷出也坚持传统澡堂的模式，然后宽人先生负责 2 号店，从年轻人那儿赚得盆满钵满，不就能用这些钱守护 1 号店和澡堂文化了。果然是老江湖！又能为宽人先生摆脱麻烦。”

坐在对面的真锅开口道，嘴里还嘎吱嘎吱嚼着粗条的乌冬面。傍晚举行的例会之前，我们为了填饱肚子，来到了真锅常去的高圆寺站南口的武藏野乌冬面馆。生于爱知县的我是第一次吃。据说武藏野乌冬面是东京西部的著名美食，特点是入口顺滑、咀嚼弹牙。

“但是，如今的乃木家，还有余力同时经营两家澡堂吗？你想，以前不就在博客读到过吗，澡堂的前期投入相当巨大。”

听到我的反驳，真锅“嗯——”了一声，陷入了思索。曾经我们还乘着醉意，讨论过“在杉乃汤积累经验，将来一起开澡堂”的事情。我们顺手拿起手机搜索，两人在网上搜到了同一篇文章。文章题为《猴子都能懂：如何开一家澡堂》，详细记载了开澡堂所需的手续和费用。如果要讲究设备，考虑桑拿房、冷水浴的冷水机之类的，费用就打不住了。文章结尾写道：“如今这个世道，还想做这种亏本生意的都是傻子。但正是因为有这些可爱的傻子，这个国家的澡堂文化才能延续至今。像花田汤、杉乃汤这种赶时髦求改变的澡堂，它们年轻的经营者应当好好感恩、好好反省。＊想了解杉乃汤的可悲近况，请移步这篇文章。”后面还附上了痛批杉乃汤一文的链接。这样一篇文章的作者，自然就是“汤狂老人卍”了。这么看来，他不单单是澡堂爱好者，更拥有专业水平的知识储备。事实上，他几年前就创办了一个名为“汤狂老人卍的澡堂哲学堂”的线上沙龙，聚集了澡堂经营者、澡堂写手等一批专业人士。

“这个嘛，找银行贷款什么的，办法各种各样吧？最近还有新闻说，某家信用社针对老字号澡堂翻新，提供了无息贷款服务。”

真锅说完，将乌冬面浸入蘸汁，呼噜呼噜吃了进去。他收集了很多丰洲2号店的消息。真锅之所以信奉复古主义，说到底还是因为它“看上去比赶时髦更有品”，如果丰洲2号店引起了社会热议，他意识到在那儿工作是件值得骄傲的事，他指定又会转变态度。但是，我也没有区别。不同于宽人先生和沼田，我们从始至终都是外人。我们参加“思考会”活动的根本目的，不过是想让自己在主业的公关公司更有概率被调到创意部门，或是在跳槽时有亮点可讲。

“哎呀，怎么这么粗？就没有那种像冷麦面一样，容易吃的细面吗？这么粗怎么吃啊！”

一对老夫妇刚刚进店，看到我们面前又粗又干的乌冬面山，疯了似的叫嚷起来。武藏野乌冬面专营店的店主是个乖僻的男人，三十五岁左右，看上去和宽人先生一般年纪，他系紧了围在头上的毛巾，恶狠狠地盯着说话人。

“两位客人，请你们出去。武藏野乌冬面，就必须这么硬派，而且越硬派越好吃。不好意思，这家店可不是为你们这群老头老太开的。相反我做的乌冬面，就是要粗到老年人吃一口就会噎死的程度！”

听到店主如此硬派的逐客令，在厨房偷偷观望的兼职店员，和似乎已经看惯这种场景的老顾客们，都像看傻子一样小声地发出干笑。可怜的老夫妇成了店里几乎所有人的嘲笑对象，只得默默弓起了背，心灰意冷地离开了。

“真不忍心看啊。想想上了年纪净是些讨厌的事。能吃的东西变少了，朋友、存款，能做的事情、能去的地方也少了。活得越久，这种痛苦就越多，还不如早死早超生呢。”

真锅先结了账等在外头，见我“哐当”关上拉门出来，他望着不远处，深深地感慨道。

之后，我们按照原定计划前往杉乃汤，却发现前台的气氛非常凝重。前台里边的文子女士支着脑袋，唐泽先生和宽人先生将她围住，正小声说着什么。

“啊，是你们呀。你们知道 Yoshimi 女士吗？七十岁左右的老太太。有没有在商业街见过？任何线索都行。”唐泽先生向我们询问道，如同抓住了一根救命稻草。

“Yoshimi 女士是谁？而且这个 Yoshimi，是姓还是名？”

“我也不清楚。是个经常来这儿的老太太。说是老主顾，其实也就是半年前才第一次来。之前做兼职的姑娘问她名字，她就说自己叫 Yoshimi。这个 Yoshimi 女士，最近一个月突然不见她来了。”

据宽人先生所说，Yoshimi 女士来杉乃汤泡澡，是因为主治医生告诉她去澡堂对身体有好处。除此之外，关于她的一切，没有任何人知道。本名叫什么，和谁住在哪儿，建议她去澡堂的医生是什么科的，一概未知。

“基本上所有客人，只要不是本来就认识的，除了前台以外，都不会和其他客人说话。有人还说‘老城区有人情味’，但现实就是这么个情况。一个月前，Yoshimi 女士向我买了三套十次券回去——从一个邮储银行的信封里，抽出好几张皱巴巴的千元钞票。但愿她只是突然住进养老院了吧。”

平时乐呵呵的文子女士也少见地十分消沉。或许是想调节一下气氛，唐泽先生嘟囔了一句“希望别像黑汤一样烂在家里了”，突然的黑色幽默反而让氛围更加沉重，现场的空气仿佛凝固了。我的脑海中浮现出喜乐汤黏稠的黑色液体。

*

“真抱歉，在开门前这么忙碌的时候，还让各位抽出宝贵的时间来。”

见到这个比约定时间提早五分钟现身的男人，等候在玄关前的杉乃汤工作人员都难掩震惊之色。“汤狂老人卍”虽然如我们预想是六十岁左右，却收拾得相当整洁清爽。布料厚实的超大码黑色 T 恤，下配深灰色的五分裤，脚上是一双结实的黑色老爹鞋——俨然一副帅老头的模样。乌黑的头发从两边推了上去，脸上的皮肤充满光泽，给人“正值当年”之感。

“你说，有没有种高阶版唐泽先生的感觉？我还以为会来个长袖 polo 衫加贝雷帽，一脸死相的老家伙呢。”

真锅在我耳边有些兴奋地说道，我想其他人也有与他相同的感想。我猜，装作面无表情、双手抱胸盯着这个男人的唐泽先生，一定是最受打击的那个人。因为那个否定杉乃汤近期新变化的“老不死”，竟然比自己还年轻帅气。唐泽先生今天依然穿着美式休闲装，努力往年轻的方向打扮，坚信这就是时下青年的穿搭。这一刻，我忽然想起了武藏野乌冬面馆里，那对惊慌失措的可怜老人。

“首先，请允许我为自己对杉乃汤的无礼批评，表示深深的歉意。那个博客的人设是一个趣味低级、喜欢去立食荞麦面店和 AV 女星签名会的大叔……我拜读了所有宽人先生的采访报道，也明白澡堂行业的环境每况愈下，需要进行新的尝试。尽管如此，我还是希望传统澡堂文化的优良风气能够传承下去。杉乃汤有这么好的潜质，我就觉得太可惜了。今天，我作为一个澡堂爱好者来到这里，就是想和各位实践者们，探讨一下未来的澡堂和澡堂文化应该去向何方。”

开门前的浴场聚集了约十五人，“汤狂老人卍”，或者说关根先生，用电台主播般沉着镇静的声音说完，缓缓扫视了一圈工作人员们的脸。听了他的澡堂理论，以及作为依据举出的澡堂案例，我能够看出他对澡堂真挚的爱，他也的确经常出入各地的澡堂消费。宽人先生似乎立刻感受到了这份热爱，这位身穿杉乃汤法被的年轻第四代店主全神贯注地聆听着，时不时重重点头。

“哎呀，我现在真的非常感动。我和其他的澡堂经营者倒是聊过，但是像这样，从客人的角度说真心话给我听的人，却是寥寥无几……无论变与不变，其实没有正确的答案，所以我才不知如何决断。关根先生，请您今天务必把宝贵的意见都说与我听。”

另一边，唐泽先生仍旧阴沉着脸。无论是“汤狂老人卍”竟然相当正经，还是宽人先生被关根先生收服，对他来说想必都不是什么称心意的事。

“我刚听了一阵，就会在那儿喋喋不休讲大道理。在这个澡堂一周关一家的时代，还有闲心管什么虚头巴脑的文化吗？在你们这些局外人看来或许是文化，但对于阿宽来说，这可是他最最重要的家业啊！不仅满载着他爷爷、妈妈的回忆，他们全家人都靠它养活呢！为了把它守住，哪怕被人在身后指指点点，也要不顾一切拼尽全力。阿宽这份决心的重量，你们永远也不会懂！”

唐泽先生突然插了进来，唾沫横飞地咆哮道。我第一次见到平时开朗直爽的他竟会如此面红耳赤，激动到失态。然而，关根先生似乎已经习惯了这样的讨论氛围，面对唐泽先生如此强势的主张，他只是轻描淡写地回敬道：

“好啦好啦，先消消气。像你这样改革派的老年人，我也遇到过几个。他们都是这么说的，澡堂不改变就存活不下去。然后穿着不合身的美式休闲服，把头发染成棕色，强迫自己喝不喜欢的精酿啤酒。你猜是为什么？”

关根先生依然保持着绅士的态度与和善的微笑，挑衅似的看向唐泽先生的眼睛，仿佛在说“我知道你的弱点”。

“很害怕吧？你在衰落的澡堂中，看到了自己吧？你太害怕如果自己不改变，会失去生命中一件又一件东西，而你只能眼睁睁看着，所以才强迫自己……”

突然间，唐泽先生一脚踹飞了身下的塑料椅，嗖地站起来，狠狠擒住了关根先生的双肩。接着，他一下把关根先生的上半身按进了原计划今天开门后首次亮相的精酿啤酒浴池中。

“呜噜呜噜呜噜呜噜！”

水中关根先生的呼救声和骤起的气泡混成一团，在浴场中沉闷地回响。面对这突如其来的一幕，所有人一瞬间都像被冰冻住了。迅速反应过来的宽人先生大喊着“把他按住”，奋力把唐泽先生的两只手倒剪了过来。我们也赶忙起身。但是，这位吹嘘自己“每天去健身房”的唐泽先生，没等我们赶来援助就被宽人先生轻而易举地扳倒了。关根先生则靠自己的力量，缓缓将上半身拔出了水面。“全是精酿啤酒的味道……”他多少有些呛住了，但万幸没有大碍。或许还是肩膀撞在了坚硬的瓷砖地上、呻吟着的唐泽先生情况更加严重。

“居然发生了这种事……实在是太抱歉了，实在是……”

说来也是自然，宽人先生完全没有理会唐泽先生，跑到了站在精酿啤酒浴池旁的关根先生面前，一遍又一遍地低头道歉。目睹这一幕的唐泽先生备受打击，瘫坐了下去，关根先生则咧嘴笑着，居高临下地看着他。

“真可怜啊。所以说老年人就是这么悲哀。这不是无谓的抵抗吗？反正马上就要死了，什么都剩不下。再怎么努力改变自己，瞧瞧，不还是像这样跌倒，然后再也爬不起来。今后这里也不会欢迎你了吧。”

唐泽先生的自尊心遭受了致命一击，看上去已无任何抵抗的力气，如同尸体般趴倒在了地上。这一刻，我又回想起卡在排水孔里的白色塑料袋残片，和混浊黏稠的黑汤。

“关根先生，请您到此为止吧。我们当然不推崇暴力，但唐泽先生是我们重要的老主顾。一直支持我、从不否定我的尝试的客人，只有唐泽先生一个。您说有什么不对的呢？想让自己所剩无几的人生再多点可能性，为此苦苦挣扎，我认为并没有什么可耻的。”

宽人先生用挤牙膏般微弱的声音维护着唐泽先生，仿佛这是对他最后的慈悲。可是得了势的关根先生带着近乎丑陋的笑脸，把这仅剩的体面踹得一干二净。

“不，应该感到羞耻。所剩无几的人生，为此苦苦挣扎……刚才的，是杉乃汤的自我介绍吗？如今的杉乃汤，没一件事干得彻底，既想照顾好老顾客，又想照顾好年轻的新客，结果就是这副模样。你知道贵店的真锅偷偷参加了我的线上沙龙吗？被老年人抛弃，又被年轻人看透。要不至少选一边站吧？是像喜乐汤一样华丽地死亡，还是像花田汤一样丑陋地活下去。这全都怪你啊，宽人先生。就因为你什么都决定不了，杉乃汤只能丑陋地死去，就像这趴倒在地上的老头一样。”

这时，我忽然看到了沼田的身影。他为应对激烈的讨论准备了厚厚一沓问答文稿，始终紧跟在宽人先生身边，此刻却只是带着一如既往的笑容呆呆地戳在原地，宛如一个等待输入信号的机器人。他的周围有许多年轻人来往跑动，只有他一人寸步不动，看起来至少不是年轻人，而是某种异质的存在。

*

进入八月，高圆寺的街巷为了迎接月末的阿波舞大会，弥漫着紧张而期待的气息。与此相对，杉乃汤却充斥着凝重的空气。自从发生那件事以后，在员工休息室、在前台，宽人先生始终一副沉思的样子。真锅见状发表了自己的猜测："想必是关根先生一事打醒了他，他终于开始思考怎么开丰洲 2 号店了吧？不如趁这个机会，一举回归传统澡堂就好了！其实大家对宽人先生的评价很差。他只会把从人脉派对上听到的消息、推销给他的产品一个个塞进杉乃汤，根本没有哲学、信念可言。沼田哥不指责他也是同罪。如果 2 号店还打算瞎搞，他们俩就别再回高圆寺了。"

如今的真锅丝毫不掩饰自己的反改革主张，在冲澡区光明正大地放言道。老年人们都仿佛听不见真锅在说什么，像一尊尊石像般默默泡在牛奶浴中。

“我还以为你肯定不会来杉乃汤，也不会参加思考会的活动了。这样说不定就由我来当第二任主编了。”我努力说着玩笑话。最近宽人先生总是受到大家的公然批评，让我不禁心生怜悯。

“杉乃汤依然是个好澡堂啊。就像关根先生说的，它本有引领日本澡堂文化的潜质。反正宽人先生他们肯定会把所有精力投在 2 号店，这不就意味着，这儿有可能变回传统的澡堂吗？我就把自己赌在了这种可能性上，如果思考会也要划分成高圆寺和丰洲两个队伍，我肯定会加入高圆寺一方。我说，如果真这样了，你会选哪边？”

真锅一脸自豪地看向我。他脸上浮现的笑容是那般清爽，想必对于“选哪边”的问题，他已经找到了自己的答案，并尽情沉浸在这种满足感之中。

那我呢？是看真锅留下来就也留下来，还是看宽人先生可怜就跟他一起走——到最后，我还是无法靠自己的力量决定前进的道路。

“说的是啊。我也得尽快决定选哪边了。”

如果不这么做，说不定我也会永远像宽人先生一样。到那个时候，不幸的是，我的身边并没有沼田陪着。

“杉乃汤决定进军丰洲了。现在内部装修进展顺利，之后可能也会麻烦各位思考会的成员协助运营，所以我们下周去考察一番吧？”

宽人先生在例会上兴奋地宣布道。其他成员看来也从哪儿听来了消息，没有人表现出动摇。丰洲和高圆寺，该选择哪一边？大家想必也在苦恼，就像曾经的真锅那样。这次考察想必会成为重要的判断依据，因此我们都迫不及待地期盼着下周的到来。

*

“咦……要装桑拿房吗？”

虽然地面和墙上还没有贴瓷砖，但靠着混凝土的骨架，基本可以想象最终成型的模样。目睹了施工现场的样貌，头戴安全帽的真锅说不出话来了。浴场最里面，一个还未装门的狭窄开口后面，可以看到一片洞窟般阶梯状的空间。连毫无建筑知识的我都能一眼看出，那里会是一个相当大的桑拿房。

“嗯，丰洲有很多对潮流敏感的年轻上班族，我想桑拿房是必需的。当然，还会有一个很大的冷水浴，我打算采购冷水机，保证水冰凉冰凉的。我向花田汤讨教了各种桑拿知识。那真是一家有意思、值得学习的澡堂啊。”

面对自信十足的宽人先生，真锅只是敷衍地回了一句“是啊”，眼睛里甚至浮现出了蔑视。

“前台周围会是一片宽敞的互动空间，不仅会举行在高圆寺尝试过的集市、DJ 活动，还打算每天开设儿童工作坊。精酿啤酒的龙头要多设几个，精酿啤酒浴也会成为固定项目。在各位思考会成员的帮助下，我对社区型澡堂这个概念有了充足的信心和认同。希望大家未来能与我一道，在丰洲再创辉煌。怎么样？”

宽人先生用他惹人同情的不安目光，依次扫过安全帽下的每一张脸。真锅以外的人都没有表明自己的态度，相互交换着眼神。宽人先生恢复了一如既往的爽朗笑容，说：“不急，反正明年春天才开业，大家有充足的时间慢慢考虑。”

设计图大概早在几个月前，甚至在思考会成立之前就已经定下来了。宽人先生时不时带沼田外出，说不定也是去考察施工现场，或是去设计公司商量事情。也就是说，在关根先生一事发生的很久之前，宽人先生就已经定下了自己要走的路。那么这几个星期，宽人先生究竟一直在烦恼什么呢？

考察结束后，我们在丰洲的街道上游逛。到处是高层公寓、大型商场和人造公园。道路笔直宽敞，挤满了推着婴儿车步履匆匆的母亲们。走到哪里都能听见孩子的哭声，嗅到大海的气味。这里和高圆寺没有任何共同点。我仿佛来到了这个世界上距离高圆寺最远的地方。

走在大太阳底下，我们越发疲惫，话越来越少，宽人先生见状打起精神提议道："那边有家卖精酿啤酒的店！靠窗的位子还能看到海，肯定很舒服。"大脑早已宕机的我们就照他说的，摇摇晃晃地进了一家购物商场里的大型酒吧。这家店是各自扫二维码的点餐形式，我们默默操作着手机，仿佛忘记了如何发出声音。当服务员端来啤酒，在宽人先生的领头下，所有人沉默地碰了杯。我随手点的湘南产熟啤，比平时在杉乃汤喝的要美味得多。其实我也依稀察觉到，宽人先生选择那款精酿啤酒或许并不是因为味道，真的只是被他的“人脉”推销之后无法拒绝罢了。

“话说回来，今天沼田哥没来啊。”似乎是为了打破沉默，真锅忽然小声嘟囔。

“对，我倒是叫他了。可能有什么其他事吧，我看他最近好像也经常去医院。”

宽人先生望着窗外的大海，同样轻声地说。但下一刻，他像是突然下定了决心般拍了拍手，目光也闪烁了起来。

“我还是跟大家说实话吧。高圆寺的杉乃汤……决定关门了。丰洲店不是 2 号店，今后丰洲店才是唯一的杉乃汤。所以，希望大家现在就做决定。现在，在这里。是选择丰洲店，今后继续为杉乃汤工作，还是选择高圆寺店，半年后永远地离开杉乃汤。”

“等，等一下！突然跟我们说这些……为什么高圆寺店要关门？还有那么多老主顾，而且，那里才是澡堂文化的遗产啊！这么好的澡堂，怎么能这样说关就关呢！”

直到方才都无精打采的真锅对宽人先生气势汹汹地叫嚷道。其他成员也都面露担忧地注视着这一幕。另一边，宽人先生终于向他视为家人的成员们公开了秘密，似乎松了一口气，脸上的笑容开朗得有些瘆人。我看到他像曾经的真锅一样，尽情沉浸在下定决心之后的轻松与满足中。

“不，我已经决定了。其实在上个月，正好是在公开讨论会之后，我的妻子查出怀孕了。一想到有孩子要出生，我就希望他能继承家业，既然要传给他，那我就得把澡堂打点好，让他能靠它活下去。高圆寺的杉乃汤虽然做了一些小的尝试，但就像关根先生说的，正在每况愈下。所以我决定干脆把澡堂关了，改建成公寓。没错，我决定了！丰洲的澡堂肯定比高圆寺的赚钱，公寓的租金收入也稳如磐石。做决定的时候，喜乐汤的宫木先生给了我许多建议。哎呀，我的人脉可真靠谱。派对、学习会，就应该多参加啊！”

听到这突如其来的坦白，而且还是如此愉悦的语气，所有人又一次冰冻在了原地，仿佛回到了唐泽先生惹出那遭事的时候。我同样也僵住了，但大脑仍在清醒地运转。我终于明白了这几个星期来，宽人先生到底在烦恼什么——但是，这种令他如此自满的任性和浅薄又是什么呢？

“我终于下定决心了！家业，历史，责任，我背负了各种各样的东西，但在大家的帮助下，我终于找到了答案！我对这个抉择有信心，而且相当自豪呢。来吧，请大家也做出抉择。举棋不定是不行的，把你们的热情都交给我和新生的杉乃汤！来吧！”

沉默。所有人依然沉默着。打破这片沉默的，又是真锅。

“……真是惊呆了。我太失望了。而且宽人先生，你太狡猾了。到最后，你还是把一切推给别人，自己没有决定任何事情。难道不是吗？碰巧出生在祖祖辈辈经营澡堂的家庭，别人要你做这做那，孩子要出生了，这一切不全是你的不劳而获吗？甚至还怪到关根先生头上……就连活在这个澡堂接连倒闭的时代，对你来说也是幸运的事吧？因为这样一来，就又不需要你自己决定未来如何生存了！”

这一定是真锅内心最真切的呐喊。更喜欢哪种澡堂，这种漫长人生中微不足道的选择，竟然也叫我们如此烦恼、动摇，最后还要推卸给别人。真锅最终选择关根先生而非宽人先生，背后也交织了许多痛苦与懊悔吧。宽人先生却能始终保持轻松的模样。两者的区别，究竟是什么呢?

“不是的。这是一个温柔的人，他被人们真诚地爱着，幸运地从未被击溃过。他永远无法决定什么是对的，优先考虑谁，又要舍弃谁。”

事到如今我才明白，沼田说过的话是那般精准无误。宽人先生一定生来就是这样的人。他平等地爱每个人，平等地相信每个人的话，将它们逐一采纳并实践。一般人自然无法做到这些。可疑的内容会被排除掉，采纳的建议也摆明了不可能全部实现。但是，靠着宽人先生过于纯良的耿直，再加上沼田病态的奉献，就像这半年来杉乃汤经历的那样，宽人先生无处可抵的人生将会有意地永远持续下去。

可是，这次的决定，和售卖精酿啤酒、举行 DJ 活动这些宽人先生之前在杉乃汤所做的无害尝试有着明显的区别。这之中有被舍弃的人。有相信并追随宽人先生的思考会成员，有支持了杉乃汤数十载的老主顾。让温柔的宽人先生轻易舍弃那些曾经爱他的人们，引导他做出如此残酷的决定的人，说不定就是站在他身边的——

“沼田哥要怎么办呢？”

这句话几乎是无意识地冲出了我的嘴巴。在真锅的追问下一脸窘态的宽人先生如同得救了一般，恢复了往常的表情。

“沼田？啊，我当然会请他帮忙经营丰洲店。这次的决定，说实话基本都是沼田的主意，而且，他为了实现这些东奔西跑做了很多。哎呀，沼田真是个无与伦比的好搭档。我能遇见他真是太好了。我的人生已经离不开他了，而且我想他的人生，也已经离不开我了。”

“宽人先生，丰洲的杉乃汤，可以让我搭把手吗？”

到最后，在这家精酿啤酒店里，没有一个人表明自己愿意跟随宽人先生，除了我。真锅惊呆了，而我自己也没有充分的理由来解释这个决定。或许我只是很害怕，害怕自己如果再不随便做个决定，一辈子都会是个优柔寡断的人。就是这样一个极不负责的决定。

“思考会，从今天起正式解散。这个组织最初是为讨论丰洲店的运营模式而试验性成立的，如今解散也是为了今后的发展。虽然相处时间很短，但我真心感谢各位的付出。”

考察结束的第二周，宽人先生在例会的最后宣布道。

*

那之后又过了半年，杉乃汤迎来了最后一个营业日。早上八点，我来到杉乃汤，在那儿的只有宽人先生和沼田两个人。我们默默脱下衣服，默默洗了头和身子，然后泡进了牛奶浴。

“真是个好澡堂啊。”宽人先生怔怔地感慨道。

“是啊，是个好澡堂。”宽人先生边上的沼田也自动回复般地感慨道。

今天他的脸上，依旧保持着一如既往的笑容。昨天也是如此，明天也会是如此。为了让一个单凭自己什么都做不成、只会口吐空虚愿望的男人永远奔跑下去，是不是明天、后天，直到死为止，他都会像停止思考的机器一样不断为之提供力量？与宽人先生结为一体，再也拆分不开。然后，轻易背叛那些相信自己的人，不负责任地抛弃他们，将途经的一切变成废墟，这样的人生，他还要持续一辈子吗？其中的原因是恨，是扭曲的爱，还是对某个已经不在这儿的人的、某种我无法想象的情感——我什么也不知道。

“那我就先出去了。”

宽人先生说着出了牛奶浴，轻快的语气中感觉不到一丝留恋。“哗啦”一声笨拙的声响之后，我也跟着起身，然后转过头去。

寂静。那里浮着一个皮肤惨白的男人的脸，嘴巴和身体都没有一丝一毫的动静。像是下定了决心一动不动，那张脸上与其说是爽朗，更有种丧失思考意愿的老人般的安详。我的脑海中浮现出“余生”这个词。没错，他一定是在度过他来得太早的余生。时间一秒又一秒过去，而他只是傻傻地笑看着——

我返回更衣室。从这里看不见牛奶浴池，但沼田肯定还泡在水里。拆除工程明天就会早早启动，这座洁白美丽的澡堂，注定将变成一堆丑陋的建筑垃圾。对沼田而言，这里也许就是祝福他和宽人先生幸福未来的庄严教堂，抑或是恬静的死后世界。我用浴巾执拗地擦拭着自己年轻皮肤上沾满的水珠。宽人先生好像已经出了更衣室。我也迅速穿上衣服离开。这样的地方，没必要再多待一秒钟了。

我拨开门帘走出这栋建筑。抬头仰望，冬日的天空压得很低，肮脏的灰云间不留一丝缝隙。看不见宽人先生的身影，一片索然的住宅区仿佛失了色彩，没有人会善意指点我该去的地方。

小巷里充斥着看不见脸的人们生活的声音，微小但刺耳。无数的人选择平平淡淡地度过人生，他们的存在如今看来是那样恐怖。他们发出的声响变成无数只透明的手，像是指责着我、挽留着我一般，密密麻麻地贴在我的皮肤上。

对啊。我接下来到底要去向何方？应该去向何方？如果抵达了自己不负责任地选择的地方，我能得到自己曾渴望的东西吗？还是干脆折返……

我的双脚已经一动不动了。

图书在版编目（CIP）数据

人生游戏元年 /（日）麻布竞马场著 ； 徐徐译.
海口 ： 南海出版公司，2025. 9. -- ISBN 978-7-5735
-1154-6

Ⅰ. I313.45

中国国家版本馆CIP数据核字第2025SZ6955号

人生游戏元年

〔日〕麻布竞马场 著

徐徐 译

出　　版　南海出版公司　(0898)66568511
　　　　　海口市海秀中路51号星华大厦五楼　　邮编 570206
发　　行　新经典发行有限公司
　　　　　电话 (010)68423599　　邮箱 editor@readinglife.com
经　　销　新华书店

责任编辑　张　锐
特邀编辑　朱文曦　冯文欣
营销编辑　刘明辉　罗淋丹　杨美德
装帧设计　文野 Bot
内文制作　张　典

印　　刷　北京盛通印刷股份有限公司
开　　本　787毫米×1092毫米　1/32
印　　张　8.5
字　　数　131千
版　　次　2025年9月第1版
印　　次　2025年9月第1次印刷
书　　号　ISBN 978-7-5735-1154-6
定　　价　49.00元

著作权合同登记号　图字：30-2025-020